A TERAPIA DO *amor*

A MEDICINA NO MUNDO ESPIRITUAL

ANTONIO DEMARCHI
PELO ESPÍRITO AUGUSTO CÉSAR

A TERAPIA DO *amor*

A MEDICINA NO MUNDO ESPIRITUAL

Editores: *Luiz Saegusa* e *Claudia Zaneti Saegusa*
Direção Editorial: *Claudia Zaneti Saegusa*
Capa: *Rebecca Barboza*
Imagem da Capa: *Benjavisa Ruangvaree Art - Shutterstock*
Projeto Gráfico e Diagramação: *Rebecca Barboza*
1ª Revisão: *Rosemarie Giudilli*
2ª Revisão: *Jéssika Morandi*
Finalização: *Mauro Bufano*
1ª Edição: *2021*
Impressão: *Lis Gráfica e Editora*

Dados Internacionais de Catalogação na Publicação (CIP)
(Câmara Brasileira do Livro, SP, Brasil)

Demarchi, Antonio
    A terapia do amor : a medicina no mundo espiritual / Antonio Demarchi -- São Paulo : Intelítera Editora, 2021.

ISBN: 978-85-7067-018-2

1. Espiritismo 2. Literatura espírita
   3. Mediunidade - Doutrina espírita I. Título.

21-80893   CDD-133.93

Índices para catálogo sistemático:

1. Literatura espírita : Espiritismo   133.93
Aline Graziele Benitez - Bibliotecária - CRB-1/3129

Intelítera Editora
Rua Lucrécia Maciel, 39 - Vila Guarani
CEP 04314-130 - São Paulo - SP
11 2369-5377
intelitera.com.br - facebook.com/intelitera

SUMÁRIO

Capítulo 1 • Viver é uma arte 7
Capítulo 2 • Amargo despertar 21
Capítulo 3 • A tormenta da escuridão 29
Capítulo 4 • Um novo amigo 40
Capítulo 5 • No exercício do auxílio 52
Capítulo 6 • Auxiliando e aprendendo 68
Capítulo 7 • Prosseguindo no auxílio 80
Capítulo 8 • Expectativas sublimes 95
Capítulo 9 • O amor como instrumento de cura 110
Capítulo 10 • Suicídio involuntário 128
Capítulo 11 • Espírito, perispírito e corpo material 148
Capítulo 12 • Os reflexos das emoções na saúde física 165
Capítulo 13 • Suicídio e consequências 181
Capítulo 14 • A terapia do amor 197
Capítulo 15 • Emiliana 223
Capítulo 16 • Uma revelação surpreendente 245
Capítulo 17 • Uma nova missão 260
Capítulo 18 • O aprendizado de Eleutério 280
Epílogo 296

CAPÍTULO 1

VIVER É UMA *arte*

Confesso que, na condição de médico desencarnado, velhos conceitos de tratamento da medicina tradicional se modificaram nessa nova etapa da minha vida. Quando liberto do pesado escafandro do corpo material, o espírito amplia seu campo de visão e entendimento a respeito das doenças físicas, sua profilaxia e resultados.

No campo do espírito, os horizontes se dilatam, a visão se amplia e nossa percepção das coisas fica mais aguçada. É uma nova dimensão da vida que permite novo aprendizado, porque nos sentimos livres das limitações impostas pela densidade da matéria pesada e, sob a ótica mais ampliada da visão espiritual, percebemos que a maioria das doenças que se manifestam no corpo material tiveram sua origem no espírito, nos pensamentos e nas emoções, para depois se transferirem para o corpo perispiritual e, por fim, para o corpo denso.

A eclosão da maioria das enfermidades que se apresentam no corpo físico é simplesmente a consequência de uma causa que se encontra fora do corpo material.

Então, eu me surpreendi ao tomar consciência que tratamos as consequências, em vez das causas, que a profilaxia dos antibióticos traz em seu bojo efeitos colaterais danosos e que, em muitas vezes, é a própria natureza que encontra o caminho para a cura do paciente.

Quero deixar claro que absolutamente não estamos colocando em discussão a validade e a importância de uma intervenção cirúrgica para extirpar um tumor maligno, ou uma cirurgia de emergência diante da necessidade premente provocada por agressões ao corpo físico devido a acidentes, armas de fogo ou armas brancas. A intervenção é de urgência e visa a preservar a vida do paciente. Também absolutamente não questionamos a intervenção cirúrgica diante de um quadro agudo de problemas cardíacos, de um acidente vascular, ou da eliminação emergencial de uma úlcera virulenta, uma vez que se trata de medidas absolutamente necessárias.

Tais medidas representam tratamentos imediatos e emergenciais, bem como a utilização dos antibióticos para uma condição de alívio, uma solução momentânea trazida para atenuar um problema de gravidade, porque muitas vezes a solução definitiva depende de outras variáveis que a medicina terrena ainda não leva em consideração. Eu apenas posso afirmar que me surpreendi, e muitos também se surpreenderão, pois diante de fatos e contra fatos não há argumentos, como iremos descobrir no desenrolar dessa extraordinária experiência que tive o privilégio de vivenciar.

Nesse aprendizado, pude entender que o ser humano é essencialmente movido por emoções, que impactam positivamente ou negativamente a saúde física, dependendo do teor vibratório dessas emoções.

Em verdade, nossa intenção é trazer informações que possam ser facilmente compreendidas, principalmente pelas pessoas mais humildes, tais quais: preservar a saúde, manter o equilíbrio emocional, melhorar o direcionamento das energias mentais para que sejam dispensadas em termos de saúde, furtando-se às situações emergenciais que poderiam, a princípio, ser evitadas. Podemos afirmar que frequentemente a cura definitiva da ferida não está sendo alcançada, pois apenas "espantamos as moscas" — não tratamos realmente a origem, a causa da doença, tão somente o efeito.

É de conhecimento geral que, após uma intervenção cirúrgica de emergência, se o indivíduo não se cuidar adequadamente (mantendo de bons hábitos alimentares, evitando bebidas, tabagismo e principalmente descontroles emocionais, explosões de cólera, o famoso "pavio curto" e a impaciência), a enfermidade tende a retornar ainda com mais agressividade. Tratou-se apenas o efeito, enquanto a causa continua ativa.

Ainda estamos no estágio do tratamento agressivo da alopatia, principalmente ao cuidarmos das enfermidades infantis, pois além do sofrimento imposto pela doença, a criança ainda sofre com o tratamento diante das dolorosas picadas de agulhas, perfurando minúsculas veias e artérias desidratadas, e com o uso de cateteres que precisam ser aplicados de modo a permitir a administração intravenosa de medicamentos, levando sofrimento aos pequeninos pacientes, que não compreendem a razão de tanta dor.

No campo espiritual da medicina, vemos com clareza que a medicina alopática é necessária, pois ainda estagiamos em um nível evolutivo cujo sofrimento é elemento essencial à evolução espiritual do ser humano.

Todavia, tal sofrimento poderia ser perfeitamente dispensável, caso tivéssemos a compreensão e o estado de consciência de que o espírito humano é movido a emoções e que nossas emoções são, na maioria das vezes, a principal causa de tudo que ocorre em nossas vidas físicas, no que se refere à alegria ou à tristeza, à felicidade ou à infelicidade, ao sucesso ou ao fracasso, à saúde ou à doença.

A Física Quântica nos ensina que no Universo tudo é energia. Nossas emoções e pensamentos são energias extremamente poderosas e ativas. E que o ser humano é uma criatura essencialmente motivada por emoções, e o pensamento é a exteriorização mental das emoções, bem como as palavras proferidas representam a exteriorização verbal das emoções vividas pelo espírito em sua experiência física de autoaprimoramento.

Bem diz o Evangelho do Cristo que a boca fala daquilo que está cheio o coração.

Controlar as emoções, direcionar os pensamentos, cuidar melhor de nossa sintonia mental são fatores essenciais ao tratamento e à cura da grande maioria das doenças materiais, inclusive no tocante ao bom resultado após o tratamento médico alopático.

Depende de cada um, dos pensamentos que agasalha, dos sentimentos que nutre, das atitudes que cultiva, elementos que contribuem decisivamente para os resultados — seja na cura de doenças ou no seu agravamento.

A verdade é que me encontrava extremamente admirado ao avançar nesses conceitos sob novo prisma, nova visão, nova ótica.

Minha concepção acerca da complexidade das doenças foi, aos poucos, se ampliando, a ponto de reconhecer o quanto ainda temos a aprender sobre a organização física do corpo humano, as reações diante das profilaxias, o comportamento de cada indivíduo diante das características peculiares das doenças, a ação dos medicamentos, suas reações adversas e efeitos colaterais.

Recordo muitas vezes, na condição de encarnado, ter acompanhado com certa perplexidade os efeitos diferenciados do mesmo medicamento, em diferentes pacientes. Em alguns, podia observar que o medicamento respondia melhor que em outros indivíduos; enquanto alguns apresentavam efeitos colaterais indesejados, outros simplesmente não apresentavam qualquer efeito colateral; em outros ainda os efeitos eram benéficos e extraordinários.

Particularmente em crianças, no grande hospital público em que tive a honra de servir, tive oportunidade de apurar que os tratamentos eram mais eficientes em casos cuja presença da mãe era permitida. Em crianças que não contavam com a presença materna, o mesmo tratamento se prolongava por muito mais tempo.

O carinho materno era fator preponderante ao bom ânimo da criança e ao seu estado de confiança. Podia-se dizer que a medicação ajudava, mas o que curava mesmo era a presença constante da mãe.

ANTONIO DEMARCHI pelo Espírito AUGUSTO CÉSAR

Ao aportar no lado de cá, após minha peregrinação em regiões de sofrimento, obtive a graça do acolhimento na Colônia Irmão Nóbrega, onde pude receber os benefícios de um tratamento diferente daqueles que conhecia na matéria.

Nas regiões umbralinas nós perdemos a noção de tempo e espaço. Tudo parece longo e interminável, o que nos leva à impressão de sofrimento sem fim, afigurando-se à imagem da eternidade, um recorte que causa desespero pela falta de perspectiva e esperança de um amanhã mais ameno.

Tudo é extremamente longo, penoso e sombrio.

Na condição de médico na matéria, confesso que tinha muitos defeitos. Era jovem e, sem falsa modéstia, bem-apessoado; por onde passava chamava atenção das garotas. Eu sabia que era admirado, mas também não posso negar que, na condição de médico pediatra clínico, eu era muito competente, estudioso e disciplinado.

Frequentemente participava de congressos e me atualizava com literaturas de novos medicamentos, novas concepções de tratamentos, de forma que meu consultório estava sempre repleto de pacientes.

A TERAPIA DO *amor*

Além do mais, exercia o cargo de médico em um dos hospitais públicos mais renomados do Estado de São Paulo. Descendia de uma família de fazendeiros do interior do estado, e meu desejo sempre fora estudar medicina. Quando finalmente me formei e concluí residência, eu me senti o máximo.

Imaginem como o ser humano é frágil e imperfeito.

A vaidade, a soberba e o personalismo tomaram conta de mim. Na verdade, a paixão pela medicina era o que me salvava, porque diante de um paciente pobre ou rico, independentemente do contexto financeiro de cada um, eu fazia o meu melhor para amenizar a dor daquela criança e só descansava quando a via completamente restabelecida.

Entretanto, ao tirar o jaleco e guardar o estetoscópio, eu me transformava em outra pessoa. Em meus relacionamentos amorosos, não era capaz de me prender a um sentimento mais elevado de amor e fidelidade. Aproveitava o máximo que podia de minhas companheiras e, quando me sentia entediado, eu as dispensava sem o menor pudor ou constrangimento.

ANTONIO DEMARCHI pelo Espírito AUGUSTO CÉSAR

Nos finais de semana que não tinha plantão no hospital, "curtia" as baladas como se a vida se resumisse a noitadas de diversão e muita badalação.

O resultado financeiro de minha profissão era compensador, para uma vida de solteiro, independentemente dos recursos monetários que minha família possuía. Adquiri um belíssimo apartamento em região nobre da capital paulistana e me encantava desfilar em carros do ano usufruindo amplamente das facilidades que a vida material me proporcionava.

A vaidade é extremamente perigosa para os espíritos incautos. Hoje, posso assegurar essa verdade e reconhecer meus tropeços, porque quando estamos vivendo na matéria é muito difícil suportar as tentações da bajulação, do poder, do dinheiro, da beleza, da juventude e da sensação de onipotência.

Isso mesmo — onipotência. Falo por mim, pois muitas vezes o médico se torna extremamente vaidoso, sente-se o máximo, chegando a se considerar, perigosamente, quase um deus.

Eu conheci muitos colegas completamente diferentes em relação a atitudes. Tive o privilégio de conhecer médicos abnegados, verdadeiros sacerdotes na prática da medicina, que não se deixaram contagiar pela soberba, nem pela vaidade. Pessoas que demonstravam humildade no relacionamento com colegas e pessoal de apoio, enfermeiros e auxiliares de enfermagem.

Confesso que era extremamente vaidoso, de "nariz empinado", muito arrogante. Entretanto, observava que, apesar de meus defeitos, as pessoas gostavam de mim. Às vezes, era até grosseiro com as enfermeiras e auxiliares de enfermagem, mas bastava um sorriso meu e tudo voltava ao normal.

Não sei por que, mas eu não me dava conta que isso não era bom para mim. Coisas simples como chamar um colega para tomar um café, ou convidar uma enfermeira para tomar um refrigerante na saída do hospital eram o máximo. E, com minha soberba, desfilava minha ignorância espiritual; eu me considerava onipotente, sem ter consciência que um dia a vida cobra os nossos tropeços com juros dolorosos.

Em minhas viagens para o interior de São Paulo, onde minha família morava, eu me sentia o centro das atenções. Afinal, meu pai era um grande fazendeiro, rico, e eu, seu filho médico que residia na capital.

Minha mãe era católica e devota de Nossa Senhora Aparecida. Jamais perdia uma missa aos domingos. Para ela, era um compromisso sagrado, e, sempre que eu estava por lá, fazia questão de me convidar:

— Filho, não quer vir comigo hoje para assistir à missa?

Eu sorria com desdém e dizia:

— Mamãe, a senhora já me convenceu a não ir quando disse "Não quer vir comigo". Percebeu? A senhora me falou para não ir, e eu não vou.

Ela balançava a cabeça entristecida, desanimada, e saía. Não sem antes me dizer:

— Filho, você não pode se esquecer de Deus! Um dia você reconhecerá como é importante estarmos em oração, conversando com Ele! Espero que quando esse dia chegar não seja tarde demais.

Eu nem prestava atenção no que ela dizia, apenas respondia:

— Ora mamãe, quem sabe um dia eu vá com a senhora para a igreja rezar. Hoje, não tenho a mínima vontade.

A TERAPIA DO *amor*

A última vez que a vi, observei que ela me olhou com muita tristeza. Percebi que duas lágrimas desceram pelo seu rosto quando ela me disse:

— Não tem importância, filho. Sempre estarei em oração por você e pedindo a Deus que abençoe sua vida!

Aquela cena me tocou. Confesso que a imagem de minha mãe chorando entristecida, devido à minha recusa em ir com ela à missa, ficou marcada em minha memória. Suas palavras ficaram gravadas em minha mente para sempre e jamais vou esquecer, ficou um sentimento de tristeza em meu coração, por não ter atendido ao último pedido de minha mãezinha querida.

Temos de aproveitar cada momento, cada instante, porque não sabemos o que nos reserva o minuto seguinte. Viver é algo maravilhoso a que não damos o devido valor. Viver é uma bênção, mas viver com sabedoria é uma arte!

Muitas vezes descobrimos tudo isso tarde demais, infelizmente.

Como poderia imaginar que aquela seria a última vez que a veria? Que aquelas seriam suas últimas palavras que me endereçava em vida? Deveria ter ido com ela para a igreja. Deveria tê-la abraçado e a beijado muito. Deveria ter agradecido a ela e dito: "Obrigado, mamãe, por existir, por me dedicar tanto amor e carinho! Eu amo muito a senhora!". Deveria ter repetido indefinidamente: "Te amo, te amo, te amo..."

Todavia, eu estava vivendo outro momento, outras emoções. Ir à igreja assistir a missas, para mim intermináveis e enfadonhas, não estava em meus planos.

Tão logo mamãe saiu, recebi um telefonema de uma amiga, perguntando se eu estaria em São Paulo à noite, pois desejava sair comigo. Era uma paquera que eu estava tentando fazia algum tempo, e a menina sempre resistindo. Naquele dia, contudo, ela telefonou me convidando para sair.

Não pensei duas vezes. Eram apenas duas horas de carro até São Paulo, de forma que me despedi de papai, liguei o carro e pisei fundo no acelerador, correndo como um tresloucado pela estrada.

CAPÍTULO 2

AMARGO *despertar*

Peguei a Rodovia Anhanguera em direção a São Paulo pisando fundo no acelerador. Sentia prazer ouvindo o rugido do motor possante engolindo os quilômetros, a satisfação em ultrapassar os demais veículos, e, com impaciência, acendia os faróis e buzinava insistentemente pedindo passagem.

Vez ou outra encontrava pela frente alguns "domingueiros", como costumava me referir aos motoristas mais lentos, e, então, não me contentava apenas com os faróis altos, mas também buzinava de forma estridente, descarregando minha impaciência e falta de tolerância.

ANTONIO DEMARCHI pelo Espírito AUGUSTO CÉSAR

Quando passei por Campinas observei o velocímetro do carro a mais de 140 quilômetros por hora. A estrada era boa, e sentia prazer imenso em desfrutar da velocidade, calculando que em menos de uma hora estaria em São Paulo.

A pressa é inimiga da perfeição, e a velocidade, companheira da morte. Notei que no horizonte à minha frente começavam a se formar nuvens espessas e escuras. Em minutos, pingos grossos de chuva começaram a cair, molhando inicialmente o asfalto, que passou a ficar escorregadio, mas eu absolutamente não me preocupava, pois meu carro contava com pneus novos e largos, em minha concepção, sinônimo de segurança.

Quanto equívoco, quanta estupidez! Não aliviei o pé no acelerador. De repente, bem à minha frente, um carro atravessou a pista. Tudo foi muito rápido. Eu me lembro apenas de ter pisado fortemente nos freios e puxado o carro para a direita, saindo da pista em alta velocidade e capotando várias vezes.

Ao acordar, sentia dores terríveis pelo corpo. Tinha a impressão de estar com o corpo moído. Sentia minha roupa toda empapada de sangue e uma dor de cabeça intensa me atormentava.

A TERAPIA DO *amor*

Olhei ao meu redor e estranhei o local, porque havia uma penumbra, como se fosse uma neblina espessa, dificultando minha visão. Ouvia outras pessoas gemendo e se lamentando e imaginei que fossem também vítimas do acidente. Possivelmente, outros carros estariam envolvidos naquela pavorosa batida.

Sentia o peito ofegante e muita dificuldade para respirar. Tentei me levantar, mas minhas pernas não me obedeciam. Tentei gritar por socorro, mas minha voz estava debilitada. Resolvi me aquietar para não agravar possíveis fraturas, aguardar que as dores diminuíssem até ser socorrido por alguma ambulância. O que mais me incomodava era a dificuldade respiratória e o odor nauseante que exalava naquele local.

Por que, até então, não viera socorro? Por que nenhuma viatura policial ou ambulância tinham aparecido ainda? Na condição de médico, passei a fazer uma análise da minha situação. Percebi que deveria ter fraturado algumas vértebras, sofrido fratura nas duas pernas e, ao tatear, percebi que havia uma fissura frontal profunda em minha cabeça, por onde havia perdido muito sangue. Tocando no ferimento com mais cuidado, identifiquei que havia perdido massa encefálica, o que me deixou mais assustado.

A gravidade de meu quadro era algo assustador, e confesso que estava admirado por ainda estar vivo. Naquelas condições, já havia assistido à morte de muitos pacientes acidentados.

A minha situação passou a ficar pior, pois eu comecei a perceber, em meio à penumbra, a presença de vultos assustadores rindo e fazendo galhofa do meu estado.

— Ha! Ha! Ha! — Gargalhou, de forma sinistra, uma voz cavernosa, cujo dono eu não conseguia enxergar.

— Ha! Ha! Ha! — Riu, escarninha, outra voz, dizendo: — Só porque ele é médico acha que pode ter algum privilégio aqui?

— Ha, ha! Aqui é o lugar do sofrimento, onde o filho chora e a mãe não vê! — Gargalhou, zombeteiro, o primeiro.

Quando fez menção à minha mãe, senti remorso e imensa vontade de chorar. As lágrimas desceram abundantes sobre minha face. Chorei copiosamente. Um sentimento de arrependimento tardio bateu em meu peito quando recordei o último olhar de minha mãe e as lágrimas de tristeza, por saber de minha displicência, quando me convidou para a missa, mesmo sabendo que eu não aceitaria seu convite.

Aos poucos, aquelas vozes ameaçadoras foram se apartando de minha mente. Senti como se uma mão invisível tocasse minha fronte, então, adormeci e sonhei. Em meu sonho, vi minha mãe chorando por mim e chamando por meu nome. Observei que ela orava e pedia por mim onde estivesse.

Quanto tempo estive adormecido? Não tinha a mínima ideia, apenas a impressão de que o sono fora uma bênção, porque, quando despertei, constatei que minhas dores estavam amenas. O corpo estava ainda dolorido, mas minha cabeça parecia bem melhor. Novamente, tateei o local da fissura e constatei que havia ocorrido melhora significativa. A fissura parecia parcialmente restaurada. Porém, o problema persistia, pois o local se apresentava extremamente dolorido e sensível. Resolvi não mais tocar no ferimento, com risco de infecção grave!

Entretanto, minhas dificuldades de localização ainda permaneciam, porque me encontrava envolto na escuridão, comprometendo minha visão, o que impedia de reconhecer onde exatamente estava. Recordei o sonho que tivera com minha mãe; ela orava por mim pedindo a Deus para me amparar onde eu estivesse. O que poderia ter acontecido? Aquilo tudo havia sido muito real. Será que minha mãe tinha conhecimento do meu acidente? Por que não haviam ainda providenciado uma ambulância para me prestar os primeiros socorros?

Além dos problemas aparentemente insolúveis, outros vieram se juntar à minha desdita: o frio, a tortura da fome e a sede insuportável. Sentia o estômago vazio, dolorido pela fome; minha boca e garganta sedentas por um gole de água.

Naquele momento, daria tudo por um prato de sopa bem quentinho e um copo de água fresca. Porém, o simples fato de pensar em comida e água aumentavam ainda mais a tortura.

Deitei-me no chão e chorei novamente. Não sabia explicar, mas o choro parecia de alguma forma confortar minha condição de desespero. Mais uma vez recordei a figura de minha mãezinha querida me abençoando. Pensei nela com tanto carinho, arrependido por não ter atendido a seu pedido. Senti naquele momento a falta de seu abraço, que me aconchegava quando eu ainda era criança e caía e me machucava. Ela vinha e me abraçava, beijava o local do ferimento e soprava, perguntando em seguida:

— Já melhorou, meu filho?

E eu sempre respondia, feliz com o carinho materno:

— Sim, mamãe, já estou melhor.

E saía correndo para os folguedos naturais da infância, feliz e despreocupado. Aquele sorriso e tanto amor naquele abraço curavam qualquer problema, qualquer ferimento. Por que ao crescermos não mais queremos abraçar nossos pais? Nós nos achamos superiores e, nossos pais, ultrapassados, quadrados e que não entendem nada das coisas modernas, da tecnologia.

Chorei mais uma vez, desejando em pensamento que minha mãe pudesse me abraçar novamente, beijar meus ferimentos, cuidar de mim e afagar meus cabelos, encostando minha cabeça em seu peito amoroso!

Senti leve torpor e, novamente, como se uma mão invisível estivesse acalentando meus ferimentos, fazendo-me experimentar certo alívio íntimo. Não era possível identificar coisa alguma, mas a sensação era de estar recebendo de alguém um copo de água que desceu por minha garganta ressecada como o mais precioso dos líquidos.

E, outra vez, eu adormeci profundamente.

CAPÍTULO 3

A *tormenta* DA ESCURIDÃO

Foi um sono longo, pesado, profundo.

Sabe aquela impressão que se tem quando se dorme profundamente e, ao acordar, não se tem noção de tempo e de espaço? Foi exatamente isso que aconteceu comigo. Não fazia ideia de onde estava, visto que tinha perdido completamente a noção do tempo. Eu sacudi a cabeça tentando colocar meus pensamentos em ordem. Após alguns minutos, voltei à consciência de que me encontrava em um lugar incerto, e que tudo estava muito estranho.

Eu estava ciente de que não estava louco, mesmo assim aquela realidade me incomodava. Porém, algo bom havia acontecido comigo — eu estava me sentindo muito melhor, porque as dores haviam me dado uma trégua. Aquele quadro me deixava confuso porque ia contra a lógica de tudo que eu conhecia. De acordo com minha experiência médica, quando alguém sofre um acidente de graves proporções como fora o meu caso, se não for medicado imediatamente, o quadro se agrava e o resultado é iminente — o paciente vem a óbito.

Para mim, aquela conjuntura era muito estranha. Eu tinha a clara lembrança de que havia sofrido um acidente de graves proporções com várias fraturas pelo corpo, que meu crânio havia sofrido uma lesão muito grave, inclusive com perda de massa encefálica.

A evolução normal de meu quadro seria de piora acentuada, à medida que o tempo passava. Contudo, eu não havia sido hospitalizado, nem passado por qualquer intervenção cirúrgica. O que poderia explicar minha melhora tão acentuada? A verdade é que não desejava me aprofundar em questões a respeito das quais não tinha o menor conhecimento. A melhora era sensível, e isso por enquanto me bastava.

Pela primeira vez consegui me levantar. Minhas pernas estavam doloridas, mas experimentei dar alguns passos e constatei, satisfeito, que conseguia andar, devagar, é verdade, mas era um significativo progresso. Isso era inquestionável.

A neblina parecia, aos poucos, se dissipar, de forma que resolvi abandonar aquele local extremamente desagradável. Parecia um local onde a lama não desaparecia.

Decidi caminhar, vagarosamente, por várias razões: em primeiro lugar porque minhas condições físicas não eram as melhores e, segundo, porque o terreno era muito acidentado e repleto de lama por todos os lados. Um passo em falso, um escorregão, uma queda poderia comprometer meu precário estado de saúde. Reconhecia que havia melhorado, mas não poderia abusar da sorte, ser imprudente.

Apesar disso, minha estranheza era imensa. Que lugar era aquele? Não conseguia vislumbrar a estrada, o carro, nem as demais pessoas envolvidas no acidente. Ouvi alguns lamentos e gemidos e me encaminhei em direção às vozes. Em meio à penumbra, observei que uma pessoa se contorcia de dor e gritava:

— Alguém venha me socorrer, pelo amor de Deus! Um médico, por favor! Chamem uma ambulância! Estou morrendo! Ingeri veneno, queria me matar, mas me arrependi! Alguém venha me socorrer, em nome de Deus! — implorava.

Momentaneamente, eu esqueci de minhas dores e de meu problema. Eu era um médico e faria o possível para ajudar aquele homem desesperado. Aproximei-me, penalizado — seu rosto se contorcia em dores terríveis, enquanto ele levava a mão em direção ao estômago.

— Amigo, eu sou médico. Não sei como poderia te auxiliar nesse local, porque não tenho qualquer medicamento em mãos, mas vamos ver o que pode ser feito. Me informe, por favor, que veneno você ingeriu? — perguntei.

O homem, no entanto, parecia não me ouvir, enlouquecido que estava pela dor. Continuava a gritar feito um dementado e a pedir por socorro, lamentando-se pela tentativa de envenenamento. Por várias vezes, eu tentei acalmá-lo, mas em vão. Ele se contorcia pelo chão sujo e cheio de lama. E como ele parecia não se dar conta de minha presença, resolvi seguir em frente.

A TERAPIA DO *amor*

Esporadicamente, eu ouvia gargalhadas zombeteiras que soavam pelo espaço. Vez ou outra percebia que algumas sombras assustadoras se aproximavam de mim de forma ameaçadora, mas logo desapareciam. Meu pensamento estava fixo em minha mãe e na expressão de seu rosto, que ficou registrado em minha memória da última vez que a havia visto. Aquilo se me afigurava feito uma proteção, do mesmo modo que acontecia quando era criança e tinha medo do escuro.

Mais além, eu encontrei outras pessoas, todas aparentemente enlouquecidas, semelhantes ao homem que inicialmente havia encontrado. Aquelas visões se assemelhavam a um filme de terror, um deles apresentava a fronte esfacelada em virtude de um tiro de arma de fogo. O homem gemia agoniado levando a mão na região da cabeça, repetindo insistentemente tal qual "um disco riscado", que repete sempre o mesmo refrão da música:

— Eu quero morrer! Eu quero morrer! Eu quero morrer!

Para mim aquilo era uma tortura. Que lugar horrível!

ANTONIO DEMARCHI pelo Espírito AUGUSTO CÉSAR

Encontrei uma moça em estado lamentável. Confesso que fiquei penalizado. A pobrezinha havia cortado os pulsos, e a palidez cadavérica de seu semblante era assustadora. Gemia em lamentos, por um amor não correspondido.

— Gervásio, meu amor, volte para mim! Volte para mim, porque sem você minha vida não tem sentido! Vou me matar! Se você não voltar, eu vou me matar.

A verdade é que, com aqueles episódios todos, eu me esqueci de mim mesmo. Não obstante, as dores nas pernas retornaram, talvez em função do esforço que havia feito. Sentei-me um pouco ao lado de um barranco e recostei minha cabeça, que estava novamente dolorida.

Respirei fundo e tentei colocar meus pensamentos em ordem, porque novamente a fome e a sede haviam voltado para me torturar. Tentava vislumbrar uma claridade, mas o céu continuava escuro, apesar do ambiente se apresentar agora à minha visão com neblina menos densa, menos escura.

Senti que o cansaço estava novamente me abatendo. Ouvi novos gritos em meio à escuridão:

— Vaidoso, egoísta, irresponsável, suicida!

E novas gargalhadas estridentes. Tinha a impressão de que estavam falando de mim, mas o cansaço me dominava e não tinha mais condições de raciocinar com clareza.

Fechei os olhos e meus pensamentos se voltaram mais uma vez para minha mãezinha querida, e meus olhos se encheram de lágrimas e solucei de saudades. Como seria bom se minha mãe estivesse comigo para me ajudar do jeito que fazia quando eu era apenas um menino traquina que me feria depois de alguma peraltice. Senti leve torpor invadindo minha mente e sensação agradável de meu corpo estar sendo aquecido. Relaxei e me deixei levar docilmente por aquela agradável sensação, adormecendo profundamente.

Ao despertar, tinha a nítida impressão de ter dormido por longo tempo. As dores físicas haviam atenuado um pouco mais, mas meus pensamentos ainda estavam muito confusos.

Aquele era um lugar estranho, mas a pior sensação que se podia ter era quando perdia a noção do tempo. Quanto tempo estaria eu naquele lugar? E que lugar estranho poderia ser aquele?

ANTONIO DEMARCHI pelo Espírito AUGUSTO CÉSAR

Por instantes, a ideia de ter morrido naquele acidente me veio à mente, mas logo refutei esse pensamento porque sempre tive minhas dúvidas a respeito da existência da vida além da morte. Era um assunto com o qual eu jamais desejei me preocupar. Sempre ouvira dizer que após a morte existe o paraíso ou o inferno.

Aquele lugar, em minha concepção, não poderia ser o paraíso, mas também estava longe de ser o inferno que eu imaginava em minha mente.

Entretanto, comecei a prestar atenção à minha própria aparência: passando a mão pelo rosto percebi que minha barba estava crescida. Minhas roupas estavam esfarrapadas e, meus pés, descalços. Tive a nítida impressão de parecer mais com um molambo de rua do que com um médico conceituado e vaidoso que sempre fora.

A neblina que cercava a região parecia agora mais rarefeita, embora ainda não me permitisse ter uma visão mais dilatada do local onde me encontrava. Entretanto, tinha a impressão de que o ambiente estava mais claro.

A TERAPIA DO *amor*

Decidi continuar minha caminhada na expectativa de encontrar alguma coisa diferente, alguma pessoa que me informasse onde eu realmente estava.

A fome voltara com intensidade: era uma dolorosa tortura. Meu estômago passou a doer demais; minha garganta estava muito seca. Não conseguia me lembrar da última refeição que fizera, nem da última vez que bebera água. A verdade é que raramente bebia água, pois o que eu gostava mesmo era de uma cervejinha bem gelada! Ah! Que delícia! Mas, a tortura da sede era tanta que naquele momento daria tudo por um copo de água!

A passos lentos, fui caminhando e me contorcendo de dor, até que, em determinado momento, senti meus pés pisando em uma poça lamacenta. Olhei com mais atenção e percebi que havia um pouco de água misturada com lama e, em desespero, abaixei tentando beber daquela água barrenta. Mas, foi apenas uma tentativa desesperada, porque nada consegui. Apenas a sensação de ter enchido minha boca com aquela lama fétida e horrível.

ANTONIO DEMARCHI pelo Espírito AUGUSTO CÉSAR

Em meu caminho, eu encontrei pessoas dementadas em gritos de desespero. Uma cena que me chocou foi notar um rapaz cuja aparência se assemelhava a um morto-vivo dos filmes, que gritava desesperado por droga. Contorcia-se em desespero, implorando por uma dose de cocaína. Em sua loucura, ele dizia que os vermes corroíam seu corpo. O quadro era desesperador.

Aproximei-me e, ao prestar mais atenção, notei que realmente havia vermes por todo seu corpo parecendo se alimentar do que restava daquele corpo carcomido de um morto-vivo.

O que poderia ser aquilo? Agora já estava chegando à conclusão de que deveria ser mesmo uma região do inferno, ou apenas uma cena horrível do *Inferno de Dante*.

Foi, então, que ouvi a voz de alguém que parecia estar me observando:

— Esse é um pobre rapaz que viveu o final de sua existência se consumindo no vício das drogas, que o escravizaram a ponto de buscar a solução de seu desespero no suicídio inconsciente, encontrando sua própria morte após inalar violenta dose de cocaína.

A TERAPIA DO *amor*

    Pela primeira vez naquele lugar de doidos varridos ouvia uma voz que dizia algo coerente aos meus ouvidos. Ao voltar meus olhos para a direção que ouvira a voz, identifiquei um rapaz de estatura alta e de boa aparência, que à minha primeira impressão parecia ser um pouco mais velho que eu. Seu semblante era de alguém que expressava paz em seu coração, mas seus olhos traduziam sentimento inexplicável de bondade e tristeza ao mesmo tempo. Em meio àquele palco de muitas perguntas e dúvidas, de sofrimentos e solidão, eu me senti feliz em poder ouvir uma voz coerente e ter alguém com quem conversar. De imediato, senti enorme simpatia pelo novo amigo que se apresentava.

CAPÍTULO 4

UM NOVO *amigo*

Olhei demoradamente para o novo amigo. Interessante, pensei comigo mesmo, em um ambiente completamente desconhecido para mim, de incertezas e sofrimento, de muitos questionamentos e nenhuma resposta, a aparição de um novo personagem do nada, não despertou em mim qualquer outro questionamento de imediato, ou receio. Notei que suas vestes eram simples, mas alvas, e sua aparência bastante agradável, o que cativou minha confiança. Ele também me olhou longamente e, em seguida, sorriu demonstrando simpatia e simplicidade.

Aproximou-se um pouco mais e estendeu suas mãos em minha direção de maneira amigável. Também procurei demonstrar alegria por encontrar um amigo naquele lugar horrível, de forma que segurei sua mão, procurando corresponder ao seu gesto de boa vontade.

Somente naquele momento eu pude constatar que minhas próprias mãos estavam manchadas e magras, onde se destacavam os ossos que pareciam salientes por sob a pele suja, e que as mangas de minha camisa estavam esfarrapadas. Senti certo calafrio percorrer meu corpo ao segurar suas mãos. Quanto a ele, pareceu nem se importar com a aparência horrível de minhas mãos, segurando-as com firmeza.

Foi, então, que o novo amigo se apresentou:

— Eu me chamo Jorge. Qual é o seu nome?

— Augusto César! — eu respondi de forma lacônica, meio sem jeito.

— Seja bem-vindo ao Vale dos Suicidas — disse ele.

— Vale dos Suicidas? — eu perguntei, surpreso. — O que isso significa?

— Significa que todos aqueles que aqui estão já transpuseram o portal do mundo material e agora se encontram no mundo do além-túmulo.

ANTONIO DEMARCHI pelo Espírito AUGUSTO CÉSAR

As palavras do novo amigo provocaram em mim arrepio inexplicável a percorrer toda minha região lombar e a espinha dorsal, além de uma sensação de frio e medo. Percebendo minha perplexidade, Jorge tentou me explicar.

— Não se assuste, amigo, porque os que habitam essas regiões estão purgando um crime terrível, porque perpetraram contra si mesmos um delito doloroso ao atentar contra a própria vida.

Confesso que estava bastante assustado e confuso. Estaria eu perambulando sem destino pelo vale da morte? Já teria, como dissera Jorge, transposto os umbrais da vida física com a espiritual? Isso explicava muitas coisas, mas ainda me sentia muito perturbado, porque em minha concepção não havia cometido suicídio algum. Então, questionei:

— Você disse suicídio. Acho que está enganado, amigo, porque não cometi suicídio. Aliás, na condição de médico, jamais atentaria contra minha própria vida.

Jorge sorriu mais uma vez, com aquele sorriso enigmático, antes de responder.

A TERAPIA DO *amor*

— Há pouco tempo eu também pensava desse jeito, amigo. Porque também fui médico em minha última existência no mundo da matéria, partindo do mundo físico em um acidente violento que ceifou minha vida. Fui considerado suicida porque tinha plena consciência do que estava fazendo, dirigindo embriagado e de forma imprudente. Estou por aqui há um bom tempo, e nos últimos tempos aprendi que a melhor forma de evoluir e sair desse vale de sofrimento é auxiliando os companheiros de infortúnio que aqui se encontram, procurando minorar o sofrimento daqueles que ofereçam condições mínimas de atendimento.

Eu, a exemplo de você, também pensava que, pelos conhecimentos de medicina que possuía, jamais atentaria contra minha própria vida. Entretanto, eu me tornei dependente do vício das bebidas e acabei encontrando a morte de forma prematura, por dirigir de forma imprudente. Embriagado, em alta velocidade, ao tentar desviar de um buraco na pista, eu perdi o controle do meu carro, que caiu em uma ribanceira na rodovia por onde dirigia. As pessoas dizem que a estrada é perigosa, mas na verdade perigosos são os motoristas imprudentes que por ela transitam, sob os efeitos do álcool.

Fez breve pausa para concluir em tom enfático:

— Os que agem do modo como eu agi são considerados suicidas indiretos, por abusar da imprudência e do senso de responsabilidade, dentre os quais, infelizmente, tenho que me incluir!

Foi a partir dessa conversa que passei a fazer uma analogia entre o caso de Jorge e o meu.

— Eu também sofri um terrível acidente na rodovia quando me dirigia para a cidade de São Paulo, mas não estava embriagado — justifiquei.

— Eu sei, já tomei conhecimento de sua história.

— Como tomou conhecimento de minha história? — perguntei, curioso.

Jorge, então, esclareceu:

— Meu amigo Augusto César, estagio nessas paragens faz algum tempo. Na verdade, perdi a noção do tempo, mas fui esclarecido, posteriormente, porque existem benfeitores de esferas mais elevadas que regularmente, em caravanas socorristas, visitam essa região a fim de resgatar aqueles que já cumpriram o tempo da purgação necessária. Seguindo as orientações desses benfeitores, tenho procurado, de acordo com meus parcos recursos, auxiliar os irmãos de desdita, particularmente aqueles que apresentam condições de receber auxílio, encorajando-os por meio do esclarecimento e da oração. Confesso que não tinha o hábito de orar, mas descobri nesse lugar que a oração é um recurso de extrema importância para que o auxílio seja real e efetivo diante do sofrimento.

— E como tomou conhecimento de minha história? — insisti, curioso.

— É que você deixou no plano material pessoas muito queridas que te amam de verdade e que oram muito por ti. Esses amigos da Caravana me recomendaram que estivesse atento e acompanhasse sua recuperação, particularmente no lado emocional e espiritual. Desde então, tenho estado próximo de você, até que hoje a sua atitude diante de um irmão sofredor abriu campo vibratório para que pudesse me ver, pois te acompanho faz alguns dias sem que você percebesse minha presença.

Fiquei perplexo, mais uma vez.

— Quer dizer que eles sugeriram a você me auxiliar?

— Sim, meu caro Augusto César! Esses amigos estiveram aqui algumas vezes promovendo auxílio por meio de orações e passes energéticos. Seu estado era desesperador, mas a cada auxílio ministrado pelos amigos você melhorava, gradativamente.

Aquela parecia mais uma conversa de doido, contudo, Jorge falava com surpreendente serenidade e tanta propriedade que suas palavras faziam sentido em minha mente, até então, confusa com tudo.

— E quando esses amigos me auxiliavam?

— Por várias vezes, você foi atendido em estado de inconsciência, mas os últimos atendimentos foram de forma mais efetiva. Trata-se dos momentos que você pensava em sua mãe e se emocionava em lágrimas, chamando em pensamento por ela.

— Como você pode saber dessas coisas? — perguntei, ainda incrédulo.

— Eles permitiram que eu os acompanhasse. A oração que o auxiliava não era você que fazia, mas sua mãezinha que ainda está na matéria. Ao se lembrar dela, a prece se fazia presente por meio do auxílio dos benfeitores. Você, então, recebia o auxílio espiritual e adormecia na bênção do sono reparador. Não percebeu que ao despertar sentia-se melhor? Até que, em condições para caminhar, procurou uma saída, e, no caminho, demonstrou interesse em ajudar os necessitados que encontrou em sua trajetória.

Eu estava intrigado. Jorge não podia ser um louco dementado, pois suas palavras eram de ponderação e esclarecimento. A nova realidade que começava a ser descortinada aos meus olhos me confundia e me assustava. Insisti mais uma vez, na tentativa de obter mais esclarecimento.

— Por tudo que você disse, eu também posso ser considerado um suicida?

Foi nesse momento que observei o olhar amoroso de meu novo amigo, expressando sentimento de piedade.

— Meu amigo, suicida não é apenas aquele que dispara o tiro fatal de uma pistola em sua cabeça e estoura o crânio. Não é apenas aquele que ingere o veneno destruidor, morrendo em contorções horríveis de dor e angústia. Não é somente aquele que se joga de uma ponte ou de um viaduto para a horrível morte na queda que esfacela seu corpo. Não é tão somente aquele que crava em seu próprio abdome a adaga afiada que secciona suas próprias entranhas. Esses são os suicidas diretos, que praticaram os atos de colocar um fim à própria existência, de forma deliberada. Nós outros somos considerados suicidas indiretos: aqueles que destroem sua vida se entregando ao consumo escravizante das drogas; aqueles que destroem a saúde pelo vício da bebida e do cigarro; são os que dirigem embriagados colocando sua vida e a de outros em risco; ou ainda aqueles que, mesmo sóbrios, dirigem de forma imprudente, abusando da velocidade e assumindo de forma consciente enorme risco de acidentes fatais.

Fez nova pausa e continuou:

— Fui considerado suicida indireto, pelo fato de ser médico e ter conhecimento a respeito da bebida e os males que causa. Fui negligente e imprudente, abreviando minha partida do mundo material por absoluta irresponsabilidade de minha parte. Quanto maior o conhecimento, maior a responsabilidade pelos atos praticados.

Talvez por respeito à minha dor e ignorância, Jorge não mencionara o meu caso. Nem era preciso. Compreendi perfeitamente o que meu novo amigo queria me dizer.

A TERAPIA DO *amor*

Foi naquele momento, como se diz no popular, "que caiu minha ficha". Somente, então, eu me dei conta de que não fazia mais parte do mundo dos vivos, como dizia minha avó, e que aquela região, segundo Jorge, era o Vale dos Suicidas, e lá me encontrava por ter abusado da velocidade e por ter dirigido de forma irresponsável, ocasionando o acidente que ceifou minha vida física.

Sem me importar com mais nada, eu sentei naquele chão sujo, nauseabundo, malcheiroso, enlameado, e chorei copiosamente. Meu peito parecia querer explodir em soluços convulsivos, incapaz de conter. As lágrimas desciam abundantes de meus olhos, enquanto, em silêncio respeitoso, Jorge simplesmente me abraçava na tentativa de me consolar.

E uma vez mais eu me lembrei de minha querida mãezinha! Quanto sofrimento e desgosto eu devia ter causado a ela! Lembrei também de meu velho pai, sempre orgulhoso do filho médico, procurando me ensinar lições de humildade e respeito. Mas, com a minha tola vaidade, negligenciei tudo por pensar que eles estavam superados, que pouco sabiam da vida! Eu era o tal, o maioral, que entendia de tudo, que não se importava com nada, a não ser com o próprio umbigo.

Em soluços convulsivos, eu sentia necessidade de me autopenitenciar, ao recordar com profundo sentimento no coração o último olhar de minha mãe perante a minha recusa ao seu convite de ir à igreja. E, em vez disso, parti dirigindo feito um louco pela rodovia, naquele dia fatídico.

O sentimento de culpa é terrível e doloroso ao mesmo tempo, porque é nossa própria consciência que vem nos cobrar de forma impiedosa os equívocos cometidos.

Continuei a chorar em minhas lamúrias. Jorge apenas me abraçou sem proferir uma palavra sequer, respeitando meu momento de dor e arrependimento. Era necessário fazer minha própria análise sem ter receio de saber a criatura horrível que fora. Depois de algum tempo, após esgotar meu cálice de fel, Jorge me olhou nos olhos chamando-me à realidade dos fatos, procurando consolar-me com palavras de compreensão e apoio.

— Não, meu amigo, você não foi essa pessoa tão horrível que agora julga ter sido. Você está sendo excessivamente duro consigo mesmo, porque está em processo de exteriorização de sentimento de culpa e autopunição. Você precisa entender que ainda somos espíritos imperfeitos, portadores de virtudes e defeitos. É verdade que falhou muito por ser extremamente autoconfiante e vaidoso, mas tem de reconhecer que também tem suas virtudes, isso é inegável. Foi um médico dedicado em sua profissão e salvou muitas vidas. É importante reconhecer os erros e se arrepender com sinceridade. Mas, não basta apenas isso: você terá, como eu, a oportunidade de se levantar e procurar, de alguma forma, auxiliar os irmãos mais necessitados que se encontram nesse triste domicílio.

O abraço e as palavras de Jorge vieram ao encontro de minha necessidade de apoio e compreensão. Naquela situação, o que mais precisava era de uma mão amiga a me amparar, para eu me fortalecer e encontrar um caminho para amenizar a necessidade que sentia de autopunição. O peso e o sentimento de culpa de minha própria consciência eram terríveis. Precisava realmente fazer algo que me trouxesse algum alívio para a dor que ia em minha alma.

CAPÍTULO 5

NO EXERCÍCIO DO *auxílio*

Os dias seguintes transcorreram de forma mais amena. Jorge era uma companhia agradável, talvez pelo fato de ter sido médico, falava com propriedade, em linguagem concisa e clara ao meu entendimento, mas também porque revelava em suas atitudes ser alguém surpreendentemente animado, e isso me fazia bem. De vez em quando sentia vontade de chorar, percebia que me descontrolava ao me lembrar de meus pais, mas meu amigo era sempre firme:

— Não se entregue ao desespero, nem ao sentimento de autopunição em demasia. Se você persistir nesse sentimento negativo, pode cair outra vez, sofrer tudo de novo e ainda demorar mais tempo para se reerguer. Seja firme, o que passou, passou! Olhe para frente com determinação, de modo a se sentir útil para expurgar seus sentimentos de culpa.

Fez uma pausa e prosseguiu com a explicação:

— É necessário que, em vez de nos entregarmos às lamúrias e queixumes improfícuos, façamos alguma coisa proveitosa em favor de nossos amigos em condição pior que a nossa em termos de sofrimento.

— Há pouco, encontrei aquela moça ali que me deixou profundamente penalizado pelo seu estado de sofrimento. Ela havia cortado os pulsos e clamava insistentemente pelo noivo, em profunda agonia — comentei.

Em relação a esse caso, Jorge me orientou:

— Não temos como oferecer alternativa de solução ao problema dessa nossa irmã; apenas com nossos recursos e boa vontade tentar amenizar o estado de sofrimento em que se encontra. Por enquanto, peço que observe atentamente o que faço, para você fazer o mesmo perante outros irmãos necessitados.

Jorge, enquanto me orientava, aproximou-se da moça, que, em seu estado de desespero, parecia completamente alheia à nossa presença. Seu pranto, suas lamúrias eram comoventes.

— Gervásio, Gervásio, onde você está? — clamava de forma repetitiva.

A aparência da moça era deplorável. Suas roupas esfarrapadas e o semblante de aspecto cadavérico exibiam a figura de uma morta-viva, como nos filmes de zumbis. O odor desagradável de putrefação que exalava tornava quase impossível respirar ao seu lado. Jorge, no entanto, sem se importar com nada daquilo, a envolveu em um abraço afetuoso. Colocou sua mão direita sobre a fronte da dementada. Observei que meu amigo fechou os olhos em oração profunda e, após alguns minutos, a moça foi se acalmando, até que adormeceu profundamente. Por sua vez, Jorge a acomodou com cuidado em um local mais aconchegante para que pudesse ter um sono reparador.

Sinceramente, eu estava admirado com o resultado daquela providência.

— Como você conseguiu isso?

— Se você desejar, poderá fazer o mesmo, Augusto.

A TERAPIA DO amor

— Observei que você a abraçou e pôs sua mão direita na fronte dela. Apenas isso foi suficiente?

— Não. Antes de qualquer coisa, você deve sentir em seu coração desejo sincero em ajudar. Esse é o primeiro passo.

— Fiquei impressionado, porque eu não conseguia sequer respirar ao lado da moça, considerando o mau cheiro.

Jorge olhou-me firme nos olhos e respondeu:

— Esse é um grande segredo, Augusto: quando você está munido de boa vontade e desejo de ser útil ao próximo, não se importa com o cheiro, nem com a aparência do irmão em sofrimento.

Fiquei calado na certeza de que Jorge havia me dado uma profunda lição de moral e de respeito que, aliás, jamais tivera.

— O segundo passo — continuou — é fazer uma prece do fundo do coração. Agora quero te contar outro segredo muito importante e que você não deve esquecer. Ao orar com sentimento sincero e de coração, não apenas oferecerá auxílio ao necessitado, mas principalmente a você mesmo.

Estava perplexo com as palavras sábias de Jorge. Sim, aos meus olhos, Jorge assumia a dimensão de um sábio.

— Você está admirado, mas é a mais pura verdade, meu amigo — prosseguiu. — Ao fazermos bem a alguém, os maiores beneficiários somos nós mesmos. Pode crer no que estou afirmando. Você terá oportunidade de aferir pessoalmente essa verdade.

Em outras épocas, caso ouvisse tais palavras, certamente, riria e faria galhofa, mas agora a situação era outra. Confesso que estava sentindo profunda mudança em meu íntimo, em termos de respeito e compreensão para com as necessidades do próximo.

— Confesso que estou fazendo um grande esforço para assimilar o que está me dizendo, Jorge. Tenho certeza de que o que está me dizendo é uma grande verdade, mas sinto que tenho um grande problema.

— E qual é? — Jorge perguntou, demonstrando interesse.

— Não estou acostumado e nem sei fazer qualquer oração. Aliás, apenas quando eu era ainda pequeno minha mãe me ensinou a rezar o Pai Nosso e a Ave-Maria. Servem essas orações?

Jorge sorriu, talvez diante de minha infantilidade.

— Lógico que servem, se você fizer de coração! Tanto o Pai Nosso quanto a Ave-Maria são orações poderosas e maravilhosas. Mas, devem ser feitas com o sentimento.

— Como assim? — eu perguntei.

— Quando fazemos uma oração de forma decorada ou mecânica, corremos o risco de nossos pensamentos viajarem para outros lugares. A boca está proferindo a oração, mas o pensamento está viajando para onde está nossa preocupação, e por isso a oração não tem eficácia, porquanto não produziu vibrações de amor e fé.

Entendi o que Jorge estava dizendo. Entretanto, sentia que ainda não estava preparado. Eu, orar? Fazer uma prece sincera? Aquilo soava estranho aos meus ouvidos, talvez porque jamais fora afeito à oração. O que era estranho é que, ao observar Jorge, sua condição de prece era algo que me transmitia credibilidade sem ser piegas, mas, talvez pelo meu hábito arraigado da descrença, não era capaz de me ver orando.

— Você não deve revolver conflitos íntimos improfícuos — alertou-me Jorge. — O importante é que você me siga e de alguma forma se esforce para fazer o melhor que puder, quando se sentir à vontade para tal. O mais importante é se conscientizar que a oração é um ato de fé, uma ligação com o Criador que nos traz benefícios palpáveis, verdadeiros. O bem que praticar, envolvido pela oração e pela fé, embora possa te parecer piegas, é em seu próprio benefício. Você ajuda o próximo, mas o maior beneficiário ainda é você.

Após breve pausa, Jorge concluiu:

— A melhor forma de abreviarmos nosso tempo de estágio nesse vale de sofrimentos é por meio do auxílio aos mais necessitados, é ajudando-nos uns aos outros. É praticando o bem que auferimos o próprio bem.

As palavras do amigo calaram fundo em meu íntimo. Parecia que Jorge lia meus pensamentos. Ele sorriu e me disse:

— Você pode achar que tenho o poder de ler seus pensamentos, não é mesmo?

A TERAPIA DO *amor*

Respondi positivamente com um aceno de cabeça. Ele sorriu novamente e prosseguiu:

— Não, meu amigo, eu não consigo ler seus pensamentos, apenas raciocino por analogia, porque quando me disseram o que estou te dizendo agora, eu, no topo do meu orgulho de médico presunçoso e autossuficiente, também duvidei. Mas, o tempo é o senhor da razão. Não demorou muito para eu ver, com meus próprios olhos, o que acontecera quando realmente me dispus a auxiliar, apesar de minha descrença.

Sorriu mais uma vez.

— Acertei? — perguntou com simplicidade.

— Na mosca — respondi desconcertado.

Jorge fez breve silêncio respeitoso e eu aproveitei o momento para meditar acerca de tudo que havia ouvido do novo amigo.

Seguimos adiante.

A verdade é que eu me sentia melhor e mais lúcido. O que realmente era inquestionável e, disso já havia me conscientizado, é que não fazia mais parte do "mundo dos vivos". Porém, o meu estado de ignorância ainda me incomodava. Seria eu um fantasma, um morto-vivo, ou o quê?

Essas últimas palavras eu proferi em voz alta, e meu amigo me respondeu com um sorriso:

— Somos o que pensamos ser, Augusto. Se te agrada a ideia de ser um fantasma, uma assombração ou um morto-vivo, essas especulações são por sua conta. O que te posso assegurar é que somos espíritos desencarnados vivendo uma experiência extraordinária de aprendizado no mais além. Aqui tudo representa aprendizado, pois é uma escola a nos ensinar lições básicas de desprendimento e solidariedade mútuos, em nosso próprio benefício. Infelizmente, aqui aprendemos pela dor o que deveríamos ter aprendido pelo amor, sem sofrimento.

Mais uma vez senti aquela impressão de vergonha de mim mesmo. O que, afinal, estava questionando? Diante de minha completa ignorância das coisas espirituais, Jorge era simplesmente um sábio. Sentia-me envergonhado em questionar, no entanto, precisava de mais conhecimento.

— Não tenha receio de perguntar, Augusto. Há algum tempo, eu também estava na mesma condição em que você estagia agora. O pouco que aprendi foi graças a alguém que me auxiliou e me esclareceu.

Sinto-me feliz por poder transmitir a você alguns conhecimentos básicos.

Eu queria esclarecer melhor o porquê de minhas dúvidas e incertezas.

— O que aprendi no mundo acadêmico é que há razões lógicas para tudo. Aqui tenho observado que existem muitos acontecimentos que desafiam a lógica de tudo que aprendi.

— Me fale quais são suas dúvidas — encorajou-me.

— São muitas dúvidas, Jorge.

— Então vamos por partes — respondeu-me com um sorriso.

— Combinado — repliquei laconicamente. — Por exemplo: Se estou morto, por que aparentemente me sinto vivo? Por que conservo meu corpo como se estivesse vivo? Por que minhas vestes estão todas esfarrapadas? Por que continuamos a sentir fome, frio e sede? Quanto a esse quesito, imagino que irá responder que não temos como morrer de fome, nem de sede ou de frio porque já estamos mortos. Então, se eu mesmo respondi, preciso te fazer outra pergunta: Aqui no lado do "além-túmulo" não existe comida?

Ninguém se alimenta? Não existe alimento, nem água ou qualquer outra bebida equivalente? Se Deus nos ama de verdade, ele se satisfaz com esse sofrimento que estamos passando?

Mais uma vez Jorge sorriu benevolente diante da enxurrada de minhas perguntas infantis.

— Meu irmão, suas perguntas e dúvidas são oportunas. Você está consciente de que não se encontra mais no mundo da matéria e isso já é um avanço. Você também já sabe que foi o único responsável por seu desenlace prematuro. Isso também consiste em outro ponto favorável ao seu aprendizado. Mas, vamos direto ao ponto:

— Primeiramente, você questiona o fato de se sentir vivo. A resposta é muito simples: porque a morte não existe. A vida continua, apenas em outra dimensão, onde o espírito estagia de acordo com seus merecimentos e estágio evolutivo, despido do envoltório denso da matéria. A morte é simplesmente uma ocorrência em que o espírito encarnado se desvencilha de seu corpo físico e descobre que a vida continua plena. Apenas devo esclarecer que cada um vai viver no lado de cá de acordo com os valores que cultivou na matéria. Dessa forma, o espírito que amou, que praticou o bem, exercitou a paciência e a tolerância, que se desprendeu das amarras materiais, irá aportar desse lado mais leve, mais esclarecido, o que certamente irá lhe facultar estagiar em paragens espirituais mais felizes.

Fez breve intervalo e depois prosseguiu:

— Por outro lado, os irmãos que na matéria viveram apenas pela matéria, não exercitaram a compreensão, o amor, a paciência nem a tolerância, ou ainda praticaram o mal e não conseguiram perdoar e se desvencilhar do sentimento do ódio, aportam no lado de cá em regiões de sofrimento e trevas, costumeiramente conhecidas por "umbral". Apenas para completar, os que colocaram termo à vida material pelo suicídio, direto ou indireto, aportam nessa região onde nos encontramos: O Vale dos Suicidas.

Jorge fazia suas explanações de forma pausada, como se estivesse me oferecendo tempo para raciocinar melhor. Confesso que suas palavras eram muito esclarecedoras. Em seguida concluiu:

— Em todas essas situações, o espírito irá se surpreender com a continuidade da vida, particularmente os suicidas, que, na desesperada fuga de seus problemas, descobrem que, além de não terem encontrado a solução, ainda agravaram seus problemas e terão de purgar no Vale o período necessário à recomposição do equilíbrio espiritual. Isso, de um modo geral, demanda muito tempo de sofrimento e penúria, além do comprometimento de futura existência em doloroso resgate na matéria, pelo vão ato do suicídio.

Mais uma breve pausa para, em seguida, prosseguir:

— Você questiona e fica confuso porque tem a impressão de que continua com seu corpo físico. Como isso, é possível se já está morto? É a questão que muitos fazem ao se dar conta que a vida continua do lado de cá. Isso requer uma explicação muito simples. Algumas religiões dizem que temos a alma, e a alma é nosso corpo espiritual. Segundo o que me foi esclarecido pelos benfeitores que nos visitam, nós somos espíritos, apenas que a natureza do espírito em si é imaterial, é o princípio inteligente, que, em sua trajetória evolutiva, utiliza-se de um corpo intermediário que eles denominam de "perispírito". Pois bem, o corpo perispiritual, constituído de matéria muito sutil, quintessenciada, escapa à percepção da visão física.

— Importante esclarecer, Augusto, que o perispírito reproduz com fidelidade a composição de nosso último corpo material, refletindo nessa matéria sensível o resultado das ações, emoções e sentimentos que vivemos em nossa última existência. O corpo perispiritual sempre irá refletir aqui no mundo espiritual a luz ou a sombra dos sentimentos e atitudes cultivadas na existência material. Dessa forma, aquele que irradia luz é porque buscou a luz na vida material, enquanto os que apresentam seus corpos espirituais mais pesados e escuros são aqueles que viveram para a matéria, para os prazeres mundanos, para a brutalidade, esquecendo-se completamente do lado espiritual da vida. Cada um colhe o que semeia, em todos os sentidos.

Realmente, tudo aquilo soava um tanto quanto confuso para mim, mas, aos poucos, começava a fazer sentido em minha mente. Certamente, o corpo em que eu me via reproduzia meu próprio corpo material, de forma mais sutil e possivelmente era mais sensível à terapia espiritual, o que eu desconhecia completamente, onde as orações, as preces e as energias (que eu também desconhecia) atuavam de forma mais efetiva. Comecei a entender por que as lesões que eu apresentava, aos poucos, cicatrizavam sem que eu tivesse me submetido a qualquer cirurgia ou tratamento convencional da medicina.

Meu amigo sorriu em me ver dialogando comigo mesmo.

— Está aprendendo depressa, Augusto. Na condição de médicos nos surpreendemos que desse lado nosso comportamento, nossas atitudes, sentimentos, nosso desejo de melhoria espiritual e a prática do bem com desprendimento e amor fraterno funcionem como verdadeiras terapias. Essas atitudes representam importante quesito de tratamento, segundo me informaram os benfeitores. A verdade é que, à proporção em que me aprofundo nesse aprendizado, tenho a nítida percepção de que estamos muito distantes da complexidade que envolvem doenças e tratamentos, medicamentos e profilaxia, considerando o conhecimento espiritual um dos fatores que contribuem para o agravamento das doenças ou sua cura. Temos muito a aprender e, confesso a você que espero que Deus nos permita por acréscimo de misericórdia nos tornar aprendizes da medicina espiritual.

Confesso que me sentia envergonhado. Na matéria acreditava saber de tudo, dominar conceitos de diagnósticos, terapias e tratamentos, mas, diante de novo mundo, descortinado à minha compreensão, eu me dava conta que naquela matéria eu era nada mais que um simples ignorante.

Jorge, mais uma vez, com um sorriso benevolente me respondeu:

— Eu também me sinto assim, amigo. Mas, aprendi a ter paciência e a esperar trabalhando, fazendo alguma coisa útil para merecer futuramente me tornar um aprendiz desse maravilhoso mundo novo.

Recordei o grande sábio e filósofo da antiguidade que, com humildade, no topo de sua sabedoria, dizia: SÓ SEI QUE NADA SEI.

Gradualmente, eu entendia que, diante da grandeza do mundo espiritual, eu não passava de um mísero necessitado da Misericórdia Divina.

CAPÍTULO 6

AUXILIANDO E *aprendendo*

O que me intrigava é que, apesar de Jorge afirmar ser apenas um estagiário no Vale dos Suicidas, ainda em processo de depuração de seus males — como me dizia ele —, seus conhecimentos eram surpreendentes. Tinha o dom de transmitir elevados conceitos que pareciam pouco a pouco adentrarem minha consciência, fazendo com que eu descortinasse novos horizontes de entendimento. Com a paciência de um mestre experiente, Jorge ministrava preciosos ensinamentos em doses homeopáticas.

Em primeiro lugar, disse-me, era para que eu pudesse absorver e alicerçar os novos conceitos juntamente com a prática. Em segundo, para que eu pudesse exercitar minha paciência.

Confesso que estava alcançando seu intento. O que me dizia trazia-me profunda curiosidade e desejo de saber mais. Contudo, Jorge me disse com serenidade:

— Você deverá ter paciência e "fazer por merecer", meu amigo. Mesmo porque eu também sou um aprendiz e estou começando a entender os mecanismos das energias sutis da alma e as emoções do espírito. Vamos com calma, porque esse é, para nós, o melhor remédio — disse, fazendo uma alusão, porque ainda estávamos doentes em espírito.

Em nossa caminhada, nos deparamos com o rapaz que eu havia encontrado anteriormente. Aquele que havia desencarnado (segundo Jorge) por overdose de drogas pesadas. Novamente, pude observá-lo agora com mais cuidado, depois de tudo que havia aprendido com os ensinamentos ministrados.

Minha visão parecia estar mais acurada que da primeira vez. O infeliz se contorcia em movimentos repetitivos tocando a cabeça e o estômago em gemidos lancinantes. Apresentava olhar esgazeado e perdido no nada enquanto clamava por uma dose de droga. Em seus lamentos, emitia sons guturais incompreensíveis, aparentando muito sofrimento, enquanto rolava pelo chão. A aparência de seu corpo lembrava uma camada leitosa escura, como se tivesse chafurdado em uma poça de gordura líquida espessa que descia de sua cabeça até a região intestinal, tornando-se mais densa na região do gástrico. Somente agora eu conseguia me atentar a esses detalhes, que haviam passado despercebidos a mim da primeira vez que encontrei o rapaz. Curioso, eu questionei Jorge, que me esclareceu:

— Os benfeitores me esclareceram que o vício das drogas é muito mais complexo do que possamos imaginar. Na matéria, dizem que os drogados são dependentes físico-químicos, porque o organismo humano é uma máquina perfeita, que mobiliza recursos e energias para combater os venenos das drogas. Quando o organismo se acostuma com as drogas é porque já se habituou a secretar hormônios defensivos para combater a droga com o objetivo de preservar a integridade física do dependente. Dessa forma, quando o dependente químico se abstém, por algum motivo, da droga, o organismo, acostumado a mo-

A TERAPIA DO amor

bilizar as energias necessárias, exige a presença da substância para, então, a combater, levando o usuário à loucura para consumir o veneno destrutivo.

— É o equilíbrio das energias do organismo que combate os venenos e acalma o paciente pelo consumo da droga que o próprio organismo físico exige. É desse modo, Augusto, que se consolida a dependência químico-física que leva os usuários à insanidade, perpetrando atos deploráveis para atingir seus objetivos de consumo. Para a desintoxicação é necessário que o dependente permaneça longo tempo em abstinência, operando, pouco a pouco, o reequilíbrio do organismo.

Eu já conhecia alguns aspectos relacionados aos vícios, mas os ensinamentos do amigo abriam novos horizontes de entendimento. Jorge prosseguiu:

— Os tratamentos convencionais, todavia, não levam em conta outro aspecto ainda mais assustador da dependência química: a dependência químico-espiritual.

As palavras de Jorge me impressionaram. Qual o significado de dependência químico-espiritual?

Sem que desse tempo para meu questionamento, prosseguiu:

— A medicina terrena se aplica apenas ao corpo denso, ao corpo material. Desconhece que o corpo material é apenas o envoltório do corpo espiritual e que no corpo espiritual é onde ocorrem os reflexos das ações, daquilo que fazemos com o corpo material, bem como as emoções do espírito. Como te expliquei anteriormente, o corpo perispiritual sobrevive à decomposição do corpo material e reproduz com absoluta fidelidade todos os detalhes do corpo físico, com um agravante: o perispírito, como é conhecido pela espiritualidade, é constituído de matéria fina, quintessenciada, e extremamente sensível, que reflete em sua essência o resultado de nossas atitudes e emoções. Ao prejudicarmos o corpo físico, o corpo perispiritual é afetado na mesma proporção, em função da atitude e consciência do ato praticado. Prejudicamos nosso corpo perispiritual por meio de emoções descontroladas e de atitudes maldosas, por meio da brutalidade desenfreada, dos vícios de qualquer espécie e de nossas explosões de ódio, de ira, de mágoas ou melindres.

A TERAPIA DO *amor*

— Quanto à dependência química, as energias exsudadas, oriundas do consumo de drogas, intoxicam o corpo físico, afetando concomitantemente o corpo perispiritual na região do hipocampo, onde se localizam as emoções e a angústia que caracterizam o estágio avançado do dependente químico. Isto é, o corpo perispiritual fica totalmente envolvido em toxinas etéreas a ultrapassar a barreira da dependência física até atingir o corpo perispiritual naquelas mesmas regiões similares ao corpo físico. Tais toxinas impregnam, inicialmente, a região do límbico, evoluindo para o sistema circulatório, atingindo a região do estômago e intestinos. Em consequência, ao desencarnar, o usuário acaba estagiando em regiões similares a essa aqui, em completo estado de perturbação, perseguido pela angústia torturante provocada pela abstinência, que o leva à demência e à loucura. É o quadro a que estamos assistindo nesse momento em relação ao nosso irmão.

Passei a averiguar mais atentamente o rapaz que se contorcia pelo chão.

— Alaor precisa de nosso auxílio, Augusto! Já aprendemos o suficiente a respeito de dependência química, física e espiritual. Agora vamos colocar nossas mãos a serviço do bem.

Alaor era o nome daquele nosso infeliz irmão. Rapidamente, Jorge abaixou-se acolhendo Alaor em afetuoso abraço, enquanto o pobre rapaz esperneava e gritava de forma assustadora. Não me fiz de rogado e me abaixei colocando minha mão direita na parte alta da cabeça do dementado, que continuava em seus brados estentóricos.

Jorge me alertou:

— Estou em prece, Augusto, procure também contribuir, fazendo de alguma forma qualquer oração que vier à sua mente.

Foi o que procurei fazer, inicialmente, meio sem jeito, porque seria aquela a primeira vez que me colocaria na condição de auxílio e oração. Observei que Jorge parecia profundamente concentrado, de olhos fechados, completamente alheio à agitação produzida por Alaor. Tentei seguir a conduta de meu amigo. Cerrei meus olhos e abracei aquele irmão infeliz, buscando em pensamento a figura de minha mãe. De repente, paz profunda invadiu minha alma e pensamentos começaram a tomar forma em minha mente, o que me permitiu formular uma oração que parecia brotar de forma espontânea: "Senhor, nós te rogamos por esse nosso irmão sofredor! Tenha piedade, Senhor, de sua desdita, ameniza por misericórdia suas dores, dê-lhe paz de espírito e apascenta esse coração aflito, Senhor!"

Eram sentimentos agradáveis que me traziam muita paz, de modo a me conduzirem docilmente àqueles bons pensamentos de amor que se formavam em minha mente. Subitamente, eu me dei conta de que estava sendo apenas um instrumento daquele auxílio; nutria a sensação de que, ao abraçar Alaor, estava sendo também abraçado, e alguém orava comigo. Fui tomado de intensa emoção a ponto de não conseguir sofrear minhas lágrimas, que jorraram abundantes enquanto eu prosseguia em minha oração, agora em voz alta: "Tende piedade, Senhor, daqueles que sofrem. Eu vos rogo por nossos jovens que se entregam ao vício destruidor das drogas, porque ainda não têm consciência do mal que causam para si mesmos! Quantas vidas destruídas, quantos males irreversíveis causados, quanta tragédia sem nome, quanta infelicidade! Tende piedade, Senhor!"

Após concluir a prece, estava muito emocionado, com os olhos banhados em lágrimas. Alaor parecia repousar suavemente nos braços de Jorge que, então, o acomodou em um local onde pudesse permanecer serenamente, até a próxima crise, segundo me alertou o amigo.

Jorge olhou-me feliz e satisfeito!

— Começou bem, irmão! Não te disse que é preciso apenas ter disposição e boa vontade em auxiliar? Quando se deseja ajudar com sinceridade, basta apenas iniciar, dar o primeiro passo, que o restante ocorre de forma natural, espontânea.

Concordei com o amigo com um leve aceno de cabeça, mas ainda restava uma dúvida, então, resolvi me manifestar:

— Jorge, devo confessar que no início não estava tão disposto, mas bastou fechar os olhos e concentrar meus pensamentos. Como não tenho experiência suficiente, tentei me valer da imagem de minha mãe orando e confesso que me surpreendi, porque de repente palavras começaram a jorrar em minha mente em forma de oração, em um fluxo irresistível, a ponto de não ter como controlar. Foi algo muito bom, de indizível bem-estar. Poderia me explicar o que aconteceu?

Meu amigo sorriu complacente.

— Augusto, meu querido irmão. Você serviu de instrumento a uma benfeitora espiritual em estágio mais elevado espiritualmente. Nesse caso, a benfeitora é a avó de Alaor, que desejava muito trazer alguma forma de amparo espiritual ao neto. Considerando que ela está em estado vibratório mais elevado, era necessário que alguém pudesse servir na condição de "ponte" entre ela e o neto. Você foi essa ponte. Ele recebeu o auxílio que foi possível, dada sua condição de degradação espiritual, e deverá ficar durante algum tempo em adormecimento, período em que prosseguiremos com o auxílio, porque, ao despertar, Alaor continuará em seu estado de angústia e descontrole. É um longo processo, um verdadeiro trabalho de "formiguinha", que, com o tempo, surtirá o efeito desejado.

— Não entendi muito bem esse processo, Jorge, mas tenho que dar minha mão à palmatória. Estou me sentindo muito bem, como há muito tempo não sentia, após ter servido de "ponte", como você disse.

Jorge sorriu com simpatia e simplicidade diante de minhas palavras.

— O que acontece, Augusto, é que você está experimentando a ocorrência da mais absoluta das verdades: quando você pratica o bem, quando ajuda o próximo mais necessitado, é você quem recebe o auxílio. Nisso é que consiste a máxima do Santo de Assis quando dizia em sua oração: "É dando que se recebe", porém, infelizmente muitas pessoas ainda não compreendem o real significado dessas palavras.

Embora impressionado e feliz com o esclarecimento de Jorge, ele ainda complementou:

— Tudo que praticamos, reverbera em nós mesmos. Não se preocupe com resultados imediatos. Continue firme na prática do bem, porque as energias oriundas dessa ação, aqui ou acolá, beneficiam você, contribuem com o seu equilíbrio emocional, seu bem-estar físico e espiritual. É desse jeito que funciona a medicina da alma.

E após breve pausa:

— De modo similar, cada mal praticado, de forma consciente e premeditado, será nosso algoz implacável a nos aguardar na vida além-túmulo, ou ainda na vida material por meio de doenças oriundas dos desequilíbrios emocionais a se manifestarem no corpo denso, além de perturbações espirituais ocasionadas pela faixa vibratória doentia e deletéria em que a mente desequilibrada estagia por longo tempo.

Diante das palavras elucidativas de Jorge, eu comentei:

— Isso vale dizer que cada um recebe de acordo com suas obras.

O amigo espiritual sorriu diante de minha ponderação.

— Exatamente, Augusto, é o que nos ensina o Evangelho: a semeadura é livre, mas a colheita é obrigatória. E pode ter certeza de que isso acontece de verdade, em todos os sentidos! — finalizou.

Depois de tanto tempo naquela região de penumbra, dores e sofrimento eu passei a me sentir bem, a me sentir útil. Sabia que ainda tinha muito que aprender, mas estava começando a entender o mecanismo de como as coisas funcionam no mundo espiritual, em termos de doenças e processos de cura. Eu mesmo sentia que, ao agir daquela forma, estava trilhando o caminho certo e contribuindo decisivamente para minha própria recuperação.

CAPÍTULO 7

PROSSEGUINDO NO *auxílio*

Os dias que se seguiram foram surpreendentes. Finalmente, eu compreendia, passo a passo, o verdadeiro significado dos ensinamentos ministrados por Jorge ao me dizer que todo bem praticado em favor do próximo reverte em benefício próprio.

Em meu processo de conscientização, observava que meu estado de angústia desaparecia gradativamente e, a cada auxílio praticado, sentia expressivas melhoras. Estava entusiasmado! Até já conseguia orar com mais firmeza sem desviar o pensamento de meus propósitos e, confesso que, nesse caso, minha mãe é que servia de ponte, porque toda vez que desejava orar era a ela que meu pensamento se voltava.

Sentia muita alegria e emoção, como se minha mãezinha estivesse ao meu lado também orando.

Adentrávamos regiões escuras e cavernas lamacentas e malcheirosas, mas isso não mais me importava. Quer dizer, agora não mais me importava, porque anteriormente era muito difícil abraçar uma criatura de aparência repugnante, aparentando decomposição. Para Jorge, isso não representava problema; quanto a mim, descobria, feliz, que deixara de ser um empecilho.

Observei que Jorge estava satisfeito com meu progresso.

— Você está indo muito bem, Augusto. Você já se deu conta que sua própria aparência está se modificando? Que suas vestes, antes esfarrapadas, agora estão mais adequadas? Que não tem sentido fome, nem frio, nesses últimos dias?

Era verdade! Pela primeira vez percebi que minha aparência estava mais suavizada, minhas mãos mais limpas, embora ainda emagrecidas; nos últimos dias sequer havia pensado em água ou em comida! Recordei que, dos questionamentos que formulara dias antes, Jorge ainda não havia me esclarecido a respeito das vestimentas, nem da sensação de fome e frio.

— Achou que eu havia esquecido suas dúvidas?

Sorri desconcertado, respondendo que não, porque na verdade estava admirado por Jorge ter me lembrado daqueles questionamentos porque eu, sinceramente, havia esquecido.

— Pois bem, Augusto, da mesma forma que a ciência física descobriu que o cérebro material coordena todas as funções do corpo, sem que o indivíduo tenha consciência, o mesmo acontece com nosso corpo perispiritual.

— Por favor, gostaria que pudesse me esclarecer melhor — pedi.

— Claro, irmão Augusto. Por meio dos conhecimentos da medicina material, nós, médicos, sabemos que o cérebro coordena todas as funções físicas do corpo sem que ao menos tenhamos consciência do que ocorre. Por exemplo: enquanto caminhamos, sentados assistindo a um filme, dormindo, trabalhando, ou praticando algum exercício físico, o cérebro está emitindo sinais de vigilância constante, controlando o sistema respiratório, o sistema digestivo, o sistema nervoso e o sistema endócrino. Sempre vigilante, o cérebro controla as batidas do nosso coração, o sistema excretor, a circulação do sangue através de intensas e complexas vias de veias e artérias, controla o funcionamento regular do diafragma, nossa respiração, a oxigenação do sangue através dos pulmões e das intrincadas ramificações dos brônquios, bronquíolos e alvéolos, controla atentamente a temperatura de nosso corpo para garantir o perfeito funcionamento dos sistemas e órgãos, vinte e quatro horas por dia, tudo isso para que o corpo físico seja mantido em condições saudáveis.

— No dia a dia, enquanto focados em nossas atividades diárias, o cérebro prossegue no processo de controle, coordenando o processo digestivo, transformando os alimentos que ingerimos em energia, descartando pelas vias excretoras o restante daquilo que não é aproveitável. Controla de forma harmônica o processo de multiplicação das células, conhecido como mitose. Disponibiliza energias para manter a corrente sanguínea saudável e equilibrada para garantia do processo de imunização ao combate dos anticorpos, que se mobilizam para expulsar os corpos estranhos, e, na reparação de algum ferimento, prevendo o estancamento por meio da coagulação dos glóbulos vermelhos e da devida reparação da epiderme. Enfim, enquanto o indivíduo dorme, trabalha, descansa ou se agita em alguma atividade esportiva, o cérebro está atento e vigilante por meio do comando inconsciente para segurança absoluta da normalidade do funcionamento do corpo físico, bem como da saúde e da manutenção da vida. Tudo perfeito: o corpo físico é uma máquina perfeita, projetada com objetivo de preservar a integridade física que serve de instrumento de evolução do espírito imortal.

O que Jorge me dizia não era novidade. A medicina terrena tem pleno conhecimento. Mas, o que queria dizer com "o mesmo acontece com o corpo perispiritual"?

Minhas dúvidas não demoraram a ser esclarecidas, porque meu amigo prosseguiu com os esclarecimentos.

— Pois bem, quando um paciente é submetido a um exame de EEG,[1] o gráfico que se materializa

---

[1] O EEG é um exame que analisa a atividade elétrica cerebral espontânea, captada através da utilização de eletrodos colocados sobre o couro cabeludo.

indica a atividade cerebral, o que vale dizer que o indivíduo está em plena atividade cerebral, ou seja, está vivo.

Quando algum paciente é submetido ao EEG e o cérebro não mais registra atividade cerebral, a medicina terrena reconhece que ocorreu a morte física. Aprofundando esse conceito, espiritualmente sabemos que a causa primária das atividades cerebrais é o espírito que atua por meio do cérebro como agente causal no controle cerebral e demais atividades a ele inerentes. O espírito, ao se afastar pela ruptura dos laços fluídicos, faz com que ocorra a morte física e, então, não se apresenta mais atividade cerebral, pois, sem a atuação do espírito, o cérebro é apenas matéria morta.

— Em termos de medicina espiritual, Augusto, sabemos, no entanto, que o cérebro por si só não age, não sente, nem pensa, porque o agente causador é o espírito — princípio inteligente que somos nós, a consciência que vive —, que ama e que é o portador da vida em sua essência, que sente as emoções, registra os sentimentos, aprende, evolui, sofre, cai e se levanta; que atua sobre o cérebro, dando vida e consciência. O corpo físico é apenas um invólucro temporal utilizado pelo espírito em suas várias experiências materiais visando à sua evolução espiritual. É no "espírito" que reside o arcabouço da consciência de si mesmo, onde ficam registradas as experiências milenares vividas pelo espírito, na longa jornada até que atinja a perfeição evolutiva — destino de todos nós.

Após breve pausa:

— Pois bem, com a morte física o corpo material se decompõe, pois é apenas matéria. Mas, o espírito continua vivo, porque vida é a essência do espírito, conservando o molde do corpo físico por meio do corpo perispiritual, que é composto de matéria fina e quintessenciada, portanto invisível aos olhos materiais, refletindo nesse corpo perispiritual as ações físicas, os pensamentos e emoções vividas na matéria. Isto é, aquele que buscou na vida corpórea o lado espiritual e a prática do bem, após o desenlace material, seu corpo perispiritual vai projetar a luz conquistada pelo espírito enquanto encarnado. Aquele que praticou o bem, que exerceu a caridade e se esforçou no aprimoramento íntimo, buscou cultivar a paciência, a tolerância, a compreensão, aporta no lado de cá apresentando o corpo perispiritual em luz e beleza, e vestimentas sutis.

A TERAPIA DO *amor*

— Da mesma forma, meu amigo, que o cérebro dirigido pelo espírito administra inconscientemente todas as atividades físicas, o espírito controla e administra todas as atividades do corpo perispiritual, seja por consequências e reflexos, ou de forma consciente para aqueles que já se encontram em estado evolutivo mais elevado. De modo similar, os espíritos encarnados que se entregaram a uma vida dissoluta, ao egocentrismo, à brutalidade, ao materialismo exacerbado, ao apego material excessivo e aos vícios de toda ordem aportam desse lado em condições lamentáveis, apresentando um corpo perispiritual denso, pesado, evidenciando as consequências de seus atos (formas degradadas, vestes esfarrapadas) que refletem escuridão, fruto da ignorância das práticas espirituais que negligenciaram encarnados. Os mais evoluídos conseguem controlar seus anseios, contudo, os que viveram apenas para a matéria se desesperam em regiões de escuridão, dor e sofrimento com sensação de frio, fome e angústia. Os glutões vão à loucura sentindo a falta do bife suculento e dos pratos repletos de comida. Os viciados em álcool apavoram-se perante a abstinência da bebida, da cervejinha ou da cachaça que consumiam à farta. Os dependentes químicos trazem impregnados em seu corpo perispiritual os resquícios das emanações das substâncias tóxicas que geram angústia e loucura, principalmente pela absoluta abstinência enfrentada na nova condição de ser desencarnado.

Jorge pausou naturalmente a conversa, mas, em seguida, deu continuidade à explanação:

— Compreendeu, Augusto? Deus, em sua infinita bondade, criou leis e mecanismos perfeitos para a evolução do espírito. À medida que evolui, o espírito alcança o estágio de consciência de si mesmo, compreende que o Criador não pune, nem privilegia ninguém. Cada indivíduo, em sua trajetória evolutiva, recebe do Pai Eterno os recursos necessários à sua evolução, e, nessa grandiosa jornada, é o senhor de seu próprio destino, aprendendo pelo amor ou pela dor a necessidade de se depurar. E, à proporção que evolui, descobre que saúde ou doença, alegria ou tristeza, sucesso ou fracasso estão na sua própria conta.

— Como disse, ao controlarmos nossos impulsos negativos, nossas más inclinações, e criarmos todas as condições favoráveis para vivermos em um corpo físico saudável, nós nos tornamos criaturas melhores. Quanto ao campo espiritual, o Vale dos Suicidas, por exemplo, é um local de melhoria de nosso campo vibratório, onde podemos emitir pensamentos de carinho, amizade, oração e prece. Ao superarmos nossas próprias deficiências e aprendermos a auxiliar o próximo, descobrimos que a medicina espiritual se opera em nosso corpo perispiritual a partir das energias de nosso campo mental melhorado, que alivia nossas dores, cura nossas feridas, melhora nossa aparência e tudo mais. Certamente, a melhor ferramenta de melhoria íntima.

Eu, um descrente das coisas espirituais, sentia-me admirado com as palavras e com os ensinamentos de Jorge. Era interessante que, ante minha visão, no dia a dia, gradativamente podia notar de forma discreta que transformação sutil se operava em torno de sua aparência, não sei se motivada por minha percepção que se ampliava, tornando-se mais aguçada. Percebia a sutileza de novos detalhes que antes não era capaz de registrar. O fato é que podia constatar que, diante de minha nova percepção, sua figura se tornava mais grandiosa e espiritualizada. Vislumbrava uma fisionomia mais alegre, e seus olhos exibiam brilho diferente quando me transmitia seus ensinamentos de forma didática e simples, enquanto suas palavras expressavam profundo conhecimento.

A verdade é que, contrariando toda minha ignorância e desinteresse de outros tempos, sentia-me contagiado com os ensinamentos que me transmitia, e seu exemplo de dedicação para com os sofredores do Vale dos Suicidas era algo que me tocava o fundo do coração. Observava em Jorge desprendimento e sentimento de amor sinceros para com o próximo. Sentia-me tomado por enorme vontade de auxiliar cada irmão que encontrávamos em nosso caminho, buscando alguma forma de minorar o sofrimento daqueles irmãos infelizes. A sensação de satisfação que me envolvia era muito real. Sentia-me contagiado por nova energia e, paulatinamente, testemunhava em mim melhoria do meu estado mental, o que me tornava mais fortalecido.

Nos dias que se seguiram, retornamos ao local onde Alaor repousava. Nosso irmão torturado pela dependência química espiritual encontrava-se ainda em estado de adormecimento. Eu imaginei que deveria ser um sono repleto de angústias provocadas pela longa abstinência das substâncias impregnadas em seu corpo perispiritual. Alaor gemia e se contorcia em seu repouso torturante.

Com carinho extremado, Jorge abaixou-se e segurou a cabeça de Alaor em seu colo como se fosse um irmão mais novo. Pediu-me mais uma vez para auxiliá-lo, estendendo minha mão direita sobre o meio da cabeça do paciente e apontando com exatidão o centro de força coronário. Que deveria me concentrar em preces enquanto ele promovia um passe de restauração em Alaor. Por minha vez, estendi minha mão direita sobre o meio da cabeça de nosso irmão e fechei os olhos em oração, buscando, de ponto de apoio, a lembrança de minha mãezinha querida.

De repente, percebi que mesmo de olhos fechados, minha visão se ampliara. Tal qual uma cena de cinema que se formava em minha mente, via minha mãe, que parecia estar diante do altar da igreja de nossa cidade, orando por mim. Chorei emocionado ouvindo suas palavras:

"Meu Deus, eu vos peço pelo meu filho amado que partiu dessa vida tão jovem e cheio de vida! Protegei-o, Senhor, porque ele era um filho abençoado e dedicado às crianças que sofriam, e, na condição de médico, auxiliou e amenizou as dores de tantos! Sei que, onde ele estiver, tenho fé que Seu amor não desampara esse filho querido, e que ele receba nesse momento essa oração de um coração de mãe que tanto amou."

A verdade é que senti saudades de minha mãe, soluçando copiosamente. Abri os olhos porque notei que minha mão parecia estar pegando fogo de tão quente e me surpreendi com a visão que tive naquele momento: da minha mão direita emanavam energias em tons esverdeados e translúcidos, aproximando-se da tonalidade verde-água. Observei, em seguida, que Jorge, em movimentos rítmicos, movia sua mão esquerda no bulbo de Alaor, enquanto a mão direita descia ao longo do corpo perispiritual do paciente, irradiando energias similares àquelas emanadas pela minha mão.

Aguardei pacientemente até Jorge encerrar o atendimento a Alaor. O jovem continuava adormecido, mas, diante de minha visão, podia perceber que se apresentava bem mais calmo e tranquilo. Mais uma vez, Jorge o acomodou com carinho de modo a continuar em seu estado de adormecimento. Comentei sobre o fenômeno que havia observado em minha mão, por ocasião do atendimento a Alaor.

Jorge sorriu com bondade e respondeu:

— Esse é um fenômeno muito importante para nosso aprimoramento, Augusto. Na verdade, as luzes que você pôde notar em sua mão são energias regeneradoras que estávamos transmitindo ao nosso irmão. E se deseja mesmo saber, nesse atendimento fomos simplesmente instrumentos das energias mais elevadas que operam quando, por disposição íntima, nos disponibilizamos à prática do bem. Essas energias não são oriundas de nós mesmos, porque ainda nos encontramos na condição de necessitados, mas nossa boa vontade nos faculta a condição de servidores, mesmo que imperfeitos, para poder servir de instrumentos do amor maior em favor daqueles que se encontram em sofrimento.

As palavras de Jorge repercutiam profundamente em minha consciência. Quando é que, na condição de médico encarnado, eu poderia imaginar que um dia serviria de simples instrumento de energias regeneradoras, como dissera meu amigo, para auxiliar os mais necessitados? Imagine!

Na condição de médico, eu me considerava "o máximo", acreditava saber de tudo, enxergava-me poderoso, como se fosse um deus! Quando eu poderia imaginar que todas nossas ações, em favor do próximo, são a nós mesmos direcionadas? Que o bem que praticamos reverte em nosso próprio benefício? Que o poder de uma prece é algo extraordinário em termos de resultados práticos? Confesso que tanta mudança operada em mim, em minha consciência, em minha compreensão, era algo simplesmente admirável. Confesso que realmente eu me sentia em estado de gratidão íntima profunda. Afinal, estava completamente lúcido e consciente de minhas faculdades mentais, testemunhando tudo o que estava ocorrendo comigo.

Recordei que, ao despertar do acidente que havia me vitimado, pude me autodiagnosticar com lesões e fraturas pelo corpo, além do crânio esfacelado apresentando, inclusive, perda de massa encefálica. Não tinha noção do que havia ocorrido e o que ainda estava ocorrendo comigo, mas seguramente me certificava de que minhas condições melhoravam de forma gradativa, sem que eu pudesse entender o processo. Não passou despercebido que, nos momentos de desespero, entrava em sintonia mental com minha mãe e adormecia. E a cada despertar, sem ao menos imaginar o que havia ocorrido, constatava significativas melhoras.

Era fato que, por meio dos preciosos ensinamentos de Jorge, eu começava a entender bem mais aquele processo.

CAPÍTULO 8

EXPECTATIVAS *sublimes*

Nos dias seguintes, prosseguimos em nossa tarefa de auxílio. Penetrávamos em locais pantanosos para amparar irmãos em sofrimento, em cavernas malcheirosas e putrefatas, em locais escuros e nauseantes.

Jorge seguia sempre à frente, e eu o secundava sem qualquer receio. Confiava plenamente em meu amigo e em todos os locais aonde ele adentrava eu o seguia confiante. Não sentia mais repulsa diante de algum irmão em condições que antes muito me incomodavam.

— Augusto — me dizia Jorge —, quando você olhar para um irmão e não mais notar nele condição de miserabilidade, apenas um irmão necessitado em Cristo, isso será um bom sinal. Significa que sua percepção estará mais apurada, que terá avançado um estágio a mais na evolução espiritual, porque olhará o sofredor de forma diferente, com o sentimento do amor verdadeiro.

Fiquei em silêncio porque não desejava contrariar meu amigo, contudo, me considerava ainda muito distante daquele estágio a que Jorge fazia referência. De fato, percebia que já havia superado muita resistência em relação a conceitos íntimos, mas de vez em quando, diante de casos mais graves, ainda precisava fazer grande esforço a fim de superar sentimentos negativos a persistirem em meu íntimo. Contudo, tinha que concordar com meu amigo: quem me conhecera em outros tempos, iria se surpreender com a minha mudança.

Em nossa caminhada daquele dia nos defrontamos com um homem que exibia um orifício na parte inferior do queixo. Era possível deduzir que o infeliz havia desferido um disparo na parte externa do maxilar inferior, e o projétil, em sua trajetória, havia perfurado o palato rompendo a parte elevada do crânio e provocando enorme dano na região do córtex cerebral.

Seus cabelos estavam empapados de sangue, misturados à massa encefálica que escorria pelas têmporas. Emitia gemidos alucinados, gritos de dor e desespero, e chorava em lágrimas abundantes de arrependimento. Era surpreendente perceber que, em sua loucura e dor, seu questionamento apresentava lógica diante da situação que observava em si mesmo: "Eu só queria morrer, me apagar para a vida, desaparecer! Por que continuo vivo? Por que a sensação da morte que não se completa? Por que o estampido interminável do tiro? Por que a dor constante da bala atravessando minha cabeça? Por que não apago na inconsciência? Por que continuo existindo? Eu só quero apagar minha memória, deixar de existir! Que desespero, alguém me ajude por misericórdia! Sinto a tormenta do meu corpo que se decompõe e a sensação de que estou sendo corroído por vermes asquerosos. Por que a morte não se completa? Por que será que não morro?"

Seu estado era de extremo desespero.

Novamente chorou e lamentou, levando as mãos de forma sistemática à região afetada de sua cabeça.

"Ah! Minha filha querida, onde está agora! Seu pai foi um louco e agora não pode mais fazer nada por você. Onde você se encontra? Perdoe seu pai, filha, perdoe!"

Prosseguiu seu sofrimento em estertores horríveis entremeados a gritos, lamentos e possíveis lembranças de sua filha que havia deixado na vida material.

O estado daquele irmão era algo impressionante. Aproximamo-nos e, antes de iniciarmos o auxílio, talvez para meu aprendizado, Jorge me esclareceu:

— Esse irmão tentou, por meio do suicídio, fugir de seus problemas aparentemente insolúveis e agora se dá conta, tardiamente, de que a vida não se extinguiu com o tiro fatal que desferiu contra a própria cabeça. Esse é o grande equívoco daqueles que procuram no suicídio a solução, ou a fuga para seus problemas imediatos. Despertam do lado de cá em situação de terrível sofrimento e perturbação, sem entenderem por que não existe morte, constatando que a vida continua. Eles não têm consciência de que não se encontram mais no corpo denso da matéria e se desesperam ao verem reproduzidos no corpo espiritual a violência que infringiram contra si mesmos e, com isso, se confundem pensando que ainda se encontram no vaso físico, vivendo a tormenta da morte que não se completa. Devido à estreita relação com o corpo material, sentem a horrível sensação da lenta decomposição, que se faz pouco a pouco, levando o espírito à loucura.

Enquanto me esclarecia acerca das consequências trazidas pelos atentados à vida, Jorge se aproximava, acolhendo aquele irmão que se encontrava entre estertores e gemidos de agonia, em um afetuoso abraço. Ato contínuo, pediu-me que posicionasse minha mão direita sobre a cabeça onde se encontrava a massa sanguinolenta misturada aos cabelos do paciente. Inicialmente, experimentei repugnância diante daquele quadro, mas, em seguida, movido por um sentimento de compaixão jamais experimentado, estendi minha destra e, sem me importar com o aspecto daquele irmão, fechei os olhos e orei.

Senti de imediato forte calor em minha mão, observando que luzes fosforescentes partiam das extremidades sendo sugadas pela parte afetada do crânio, à semelhança de um vaso de terra árida que recebe um fluxo de água cristalina que penetra

ANTONIO DEMARCHI pelo Espírito AUGUSTO CÉSAR

profundamente na areia ressequida. Senti que meu corpo parecia flutuar semelhante a um condutor de energias as quais fluíam em suaves ondas magnéticas em direção à mão que oferecia o socorro. Fiquei impressionado com o fenômeno, mas procurei me esforçar para não interromper a ação do auxílio, nem perder o foco, mantendo-me em estado de oração, conforme Jorge havia me orientado.

Em seguida, me senti envolvido por um processo semelhante à telepatia, que me permitia penetrar nas ondas mentais daquele irmão, e constatar que estávamos conectados pelo pensamento. Passei a ter a nítida impressão de que sua mente me transmitia as últimas imagens daquela tragédia consumada na vida física que o levara àquele sítio de desespero. As imagens eram fortes, comoventes e torturantes, e se repetiam insistentemente como se fosse a projeção de um microfotograma da fita de um filme que se rompe e passa a projetar na tela, de forma continuada, as últimas imagens daquela cena terrível. Em minha visão, eu o identifiquei em uma luxuosa sala de escritório, diante de uma fotografia que mostrava a figura de uma criança em seu colo. Aquela criança era sua filha muito amada! Em lágrimas de desespero, clamava em prantos e expressivos brados: "Ah! Minha filha querida, se é para viver sem você, prefiro a morte"! Dizia tal lamento enquanto empunhava uma pistola, e, em dado momento, a posicionou embaixo do queixo e acionou o gatilho e, então, o estampido ensurdecedor do disparo, a sensação do projétil penetrando sua boca, perfurando seu cérebro e a sensação de sangue na boca antes do baque surdo do corpo sob o carpete da sala. Gritos de lamentação e a escuridão. Aquela cena se repetia de forma sistemática levando aquele irmão ao desespero. Movido por piedade e sentimento profundo de compaixão, orei por ele fervorosamente.

Foi uma experiência muito estranha e forte, porque tinha a impressão de estar completamente isolado naquele momento, apenas aquele irmão em sofrimento e eu. Ao abrir os olhos, constatei que o paciente estava mais calmo, adormecido. Em conformidade com as vezes anteriores, pude observar que Jorge prosseguia no tratamento espiritual, como ele dizia, projetando energias com a mão esquerda fixa sob a região do bulbo do paciente, enquanto a direita evoluía sobre o corpo perispiritual em movimentos rítmicos, desde a região frontal até o esplênico, detendo-se em regiões específicas como a região frontal, a laringe, a região do cardíaco e do estômago. Em seguida, moveu sua mão direita acompanhando a coluna vertebral até a região do sacro, projetando energias no sistema nervoso enquanto sua mão esquerda permanecia sob o bulbo. Por fim, Jorge estendeu sua mão direita sobre a cabeça, onde instantes antes eu também havia projetado energias. Demandou ainda mais alguns minutos em oração e, por fim, com o paciente totalmente adormecido, curvou a cabeça e, com os olhos fechados, disse: "Obrigado, Senhor, por permitir que sejamos Augusto e eu instrumentos do seu amor e misericórdia"! E, sorrindo, ele disse:

— Eu me sinto feliz por você, Augusto. Sim, feliz porque observo que realmente está superando deficiências ora enraizadas em seu íntimo; e o fato de sentir compaixão e piedade por um irmão em sofrimento é algo maravilhoso. Na verdade, não estávamos sozinhos nessa empreitada. Você não conseguiu identificar porque necessita ainda trabalhar mais sua sensibilidade espiritual. O fato é que em estado de oração nos conectamos com energias provenientes de planos mais elevados da espiritualidade.

A TERAPIA DO *amor*

Fomos envolvidos em muita energia e muito amor, o que nos que permitiu auxiliar esse irmão em sofrimento. Para ser sincero, o que dispomos é apenas de boa vontade, porque ainda continuamos na condição de necessitados, motivo pelo qual o Mestre não exige de seus discípulos perfeição, somente boa vontade a fim de se tornarem instrumentos do seu amor, que é um privilégio que devemos agradecer com o coração repleto de alegria pela oportunidade do serviço.

Realmente, do fundo de meu coração eu me sentia agradecido e feliz, pois agora estava realmente me sentindo útil. Abracei Jorge com carinho, como se abraça a um irmão mais velho e sábio.

— Obrigado, Jorge, por tudo que tem me ensinado. Confesso que o aprendizado aqui proporcionado por você, digo com sinceridade, supera tudo o que aprendi nas carteiras de estudos, nas aulas de medicina, nos estágios de residência médica e nos vários anos de exercício da profissão, vivenciando as experiências do dia a dia com os mais diversos tipos de pacientes e doenças.

Meu amigo me respondeu com um sorriso bondoso:

ANTONIO DEMARCHI pelo Espírito AUGUSTO CÉSAR

— Em termos de conhecimento, meu caro amigo, ainda estamos muito distantes. Você pode pensar que sei muito, mas não é verdade. Sei apenas um pouco mais que você porque estou aqui há mais tempo e tive a oportunidade de despertar para essa realidade, auxiliado por amigos que periodicamente nos visitam. O que sinto é que estamos apenas tateando certo aprendizado que se estende e se amplia à medida que nos preparamos para tal. De quando em quando, penso ser necessário o sofrimento como forma de despertar para coisas mais grandiosas, evoluir e burilar nossas mazelas, porque foi o que aconteceu comigo. Nossos colegas médicos, ao despertarem para a insofismável realidade de que o corpo humano é apenas o veículo que reflete as consequências das energias mentais oriundas de nossas emoções desenfreadas, poderão se aplicar bem mais e desenvolver alternativas de soluções mais eficazes em relação às doenças físicas. Samuel Hahnemann[2] foi o que mais se aproximou dessa realidade com seus experimentos por meio da homeopatia.

---
2 **Christian Friedrich Samuel Hahnemann** foi um médico alemão, fundador da homeopatia em 1779.

A TERAPIA DO *amor*

As palavras de Jorge acrescentavam ainda mais um elemento que eu me dava conta da necessidade de conquistar: a humildade. Meu amigo demonstrava ter largo conhecimento de como a medicina funciona do lado de cá, porém não deixava transparecer esse conhecimento em soberba. Se fosse eu, em outros tempos na matéria, possivelmente estaria me sentindo um ser superior.

Jorge comentara também que, durante os atendimentos, éramos assessorados por uma equipe espiritual que visitava periodicamente o Vale dos Suicidas. Desde o meu despertamento espiritual, contudo, a equipe socorrista não havia ainda nos visitado. Questionei:

— Jorge, você tem sempre mencionado acerca da equipe espiritual socorrista que visita com frequência essas regiões. Você poderia me dizer quando é que eles nos visitarão novamente?

Mais uma vez meu amigo sorriu, com aquele sorriso de compreensão e benevolência a que eu já estava acostumado.

— Na última vez que aqui estiveram, Augusto, e já faz algum tempo, eles me deixaram incumbido de auxiliar em sua recuperação e de lhe orientar para que tomasse conhecimento da realidade e se dispôr para o auxílio aos demais necessitados, na condição de instrumento do amor do Cristo. Confesso que foi uma tarefa extremamente prazerosa e gratificante, porque você tem sido um aprendiz aplicado e aprende rapidamente. Juntos, formamos uma pequena equipe a levar alívio e conforto espiritual a muitos sofredores dessa região. Essa é a melhor forma de abreviar nossa estada no Vale dos Suicidas, segundo me disseram. Sinceramente, eu me sinto feliz e, ao mesmo tempo, recompensado pelo trabalho que estamos desenvolvendo, despretensioso, é verdade, mas que tem produzido efeitos maravilhosos.

Fez breve pausa e prosseguiu:

— Pelo que me disseram, creio que em breve nos visitarão novamente. Não tenho ideia de quando isso será, contudo, aguardo a visita desses irmãos com muita alegria e expectativa.

Admito que a expectativa de Jorge era também a minha. Como seriam esses espíritos? Segundo minha imaginação, de alguém que desconhecia a realidade espiritual, considerava-os seres diáfanos e iluminados volitando no espaço sideral até chegarem a nós.

A TERAPIA DO *amor*

Quando descrevi ao meu amigo o meu parecer, ele sorriu gostosamente.

— Ah! Meu irmão, você irá ter uma grande surpresa. Os espíritos superiores realmente são portadores de muita luz, mas quando estão em trabalho de socorro, visitando regiões de sofrimento, apresentam-se exatamente iguais a qualquer um de nós; o que os difere de nós é uma tênue luminosidade. Mas, você perceberá na expressão, no olhar de cada um, a presença da humildade que, então, conquistaram e do amor que trazem em seus corações. Espiritualmente, eles já se despiram das pequenas amarras do egoísmo e do egocentrismo. O amor e a humildade que revelam em suas atitudes para conosco, ainda em estágio de sofrimento, são daqueles irmãos capazes de descer ao fundo de abismos insondáveis e tenebrosos para assistir aos necessitados em nome de Cristo. Para tanto, apagam sua própria luz e vergam as vestes da simplicidade de modo que o auxílio seja realmente efetivo, como nos ensinou Jesus!

O esclarecimento de Jorge apenas aumentou minha expectativa. Sentia que meu coração pulsava descompassado pela emoção. De que forma eu me portaria diante daqueles espíritos? Em minha mente, repleta de fantasias próprias de um leigo em conhecimentos espirituais, seriam eles representantes da divindade?

Mais uma vez, Jorge sorriu diante da minha pobreza espiritual, quando lhe revelei a minha expectativa.

— Augusto, esses irmãos que nos visitam são apenas obreiros do Senhor, trabalhadores a serviço do Cristo no amparo aos que mais precisam, como nós! Estão longe da perfeição, embora tenham adquirido importantes conquistas em termos de elevação espiritual. Já se desvencilharam de muitas amarras negativas que ainda nos mantêm jungidos às coisas materiais. Porém, não existe, em termos espirituais, representantes da divindade. Deus é a inteligência suprema do Universo! Cristo é nosso Divino Mestre e modelo que devemos procurar seguir! Aquele que em consciência já conhece o Mestre Jesus sente-se privilegiado em poder servir em seu Nome. É o que estamos tentando fazer aqui, apesar de nossas imperfeições e de nossos débitos clamorosos! Não obstante, temos boa vontade em trabalhar, auxiliar irmãos em sofrimento, e, para Cristo, isso basta! Não precisamos ser perfeitos para começar a servir na Seara do Mestre — finalizou.

Naquela noite nos recolhemos ao recanto costumeiro para o descanso merecido. Também dormíamos quando o cansaço batia e o sono vinha. Era como se ainda estivesse na matéria, de posse do corpo material, pois sentia o desgaste físico e a necessidade de repouso.

— Amanhã será novo dia! — disse-me Jorge, sorrindo. — Vamos orar e agradecer a Jesus e ao Pai pela oportunidade do serviço.

CAPÍTULO 9

O AMOR COMO *instrumento* DE CURA

Ao despertar no dia seguinte, percebi que estava me sentindo muito animado.

Sentia em meu íntimo alegria, uma sensação de leveza, de que alguma coisa boa aconteceria, mas não sabia ao certo o quê. Tudo aquilo era inexplicável, pelo menos para mim.

Comentei aquela sensação com Jorge, que me respondeu:

— Talvez seja porque estamos levando avante nosso despretensioso trabalho com alegria no coração. O que aprendi nesses anos por aqui, Augusto, é que quando esquecemos nossos próprios problemas e passamos a nos dedicar em favor do próximo, quando nos esquecemos de nós para amparar a dor daquele que está em maior sofrimento, sem nos darmos conta, recebemos grandiosa recompensa proveniente do Firmamento. Você não reparou no episódio de nosso irmão que socorremos ontem, que buscou a morte desferindo um disparo em sua própria cabeça? No momento em que posicionou a mão sobre o crânio do irmão não a sentiu com calor diferente e, em seguida, passou a irradiar uma luz policrômica que se exteriorizava através dela? Que se sentiu envolvido em suave energia que lhe permitiu sintonizar a mente daquele irmão?

Confirmei positivamente com um aceno de cabeça.

— Pois bem — continuou Jorge —, ao acreditarmos estar ajudando alguém necessitado, em verdade estamos recebendo ajuda em muito maior proporção do que a singela doação que estamos oferecendo. O caso em questão foi um exemplo perfeito para que você possa aferir o que sempre ocorre quando nos dispomos ao trabalho de auxílio. Ontem, ao vencer seus medos e se dispor ao auxílio verdadeiro, você se colocou na condição de instrumento do amor do Cristo, como uma antena sensível captando energias de amor, provenientes do Pai Eterno, porque Ele é a fonte inesgotável do amor mais puro e sublime e das demais energias que saturam o Universo. Deus é a essência do amor que flui por toda parte, e quando alguém abre sua mente e seu sentimento para o amor mais puro, o amor flui por essa mente, penetra em todas as fibras do corpo e deságua na mão que se estende em favor do próximo. Entendeu? O amor de Deus é a energia mais poderosa que pulsa no Universo. No amor de Deus tudo se harmoniza, tudo se equilibra, tudo se recompõe e tudo se refaz! Ameniza a dor, alivia o sofrimento, recompõe os tecidos lesados, cura a doença, retempera os sentimentos, restaura a saúde! Lógico que tudo tem seu tempo, entretanto, o amor de Deus é a terapia perfeita que a medicina material ainda ignora e desconhece sua eficácia!

As palavras de Jorge traduziam conceitos, jamais imaginados por mim, em meus pretensos conhecimentos. Recordei que havia ouvido que, em algum lugar, cientistas renomados estavam desenvolvendo estudos para avaliar o fator "fé" religiosa na recuperação de pacientes. Seria isso o que Jorge tentava me dizer? Aproveitei para interrogar sobre essa questão.

A TERAPIA DO *amor*

— Augusto, a medicina material ainda desconhece as potencialidades e os efeitos do fator "fé" na criatura humana. A capacidade do espírito é ilimitada e o espírito é o agente, a causa primária dos pensamentos, sentimentos, emoções e reações. Quando o espírito se eleva pela fé, na prática da caridade verdadeira, consegue acessar energias inimagináveis à ciência humana, que apenas tangencia essas energias imponderáveis. O próprio Cristo dizia a cada irmão que seu infinito amor curava, proferindo as inesquecíveis palavras: "A tua fé te curou". O que estamos dizendo é que o processo de cura por meio do amor, da fé e da caridade é um processo racional e científico, de fácil entendimento àqueles que já se desprenderam das amarras da ciência acadêmica, pois se trata de energias invisíveis e intangíveis de difícil comprovação nos laboratórios experimentais, do mesmo modo que é difícil comprovar a existência do espírito. O fato de a ciência não comprovar por meio de seus processos materiais não significa que não existam, uma vez que o resultado das curas é inquestionável.

— Ontem, tanto você quanto eu, fomos os maiores beneficiários do amor do Pai quando oferecemos auxílio àquele irmão. Na condição de instrumentos do amor de Deus, apesar de toda imperfeição e dos débitos que ainda se encontram contabilizados em decorrência de nossos equívocos das experiências pregressas, nós conseguimos oferecer as condições mínimas necessárias para que as energias provenientes das esferas mais elevadas fossem canalizadas através de nós. O paciente recebeu o socorro que necessitava, mas nós fomos muito mais beneficiados, pois as energias que fluíram através de nós também trouxeram restauração para nossa maior necessidade: nossa condição mental. Por essa razão, você está experimentando essa sensação de alegria e de leveza aparentemente inexplicável. Mais uma vez gostaria de enfatizar as palavras do Santo de Assis, tão deturpadas nos dias de hoje, que nos ensinam que "é dando que se recebe."

Fez mais uma breve pausa e finalizou:

— Entendeu?

Sim, eu havia entendido. Olhei para meu amigo e notei seus olhos marejados de lágrimas. Jorge estava emocionado naquele momento. Intimamente, eu também me sentia tocado por algo que me trazia emoção. Talvez fosse a ideia de que em breve Jorge deixaria aquelas paragens, porque certamente já ha-

A TERAPIA DO *amor*

via reunido méritos suficientes para estagiar em outras regiões.

A verdade é que sentia afeição profunda por Jorge. Seguramente, sua ausência seria algo doloroso que teria de superar em breve, pois nos últimos tempos ele fora para mim um irmão mais velho, um professor e, acima de tudo, um amigo muito querido.

Todavia, o assunto era palpitante e resolvi explorar um pouco mais meu amigo, pois não sabia ao certo quanto tempo ainda restava de sua permanência comigo naqueles sítios. Sentia que novos conceitos se descortinavam, abrindo minha mente para algo a me tocar profundamente.

— Jorge, poderíamos então dizer que quando uma pessoa auxilia outra, ao estender as mãos para levantar um caído, ao oferecer um prato de comida ao faminto, uma roupa ao desnudo, ao fazer uma visita ao hospital, de alguma forma faz um bem de forma despretensiosa, recebendo também o mesmo tipo de benefício que recebemos?

Meu amigo fez breve silêncio. Respirou fundo, de modo a recompor sua emoção, para, em seguida, com aquele sorriso que eu conhecia tanto e aprendera a admirar, responder:

— Sim, Augusto! É assim que funciona o mecanismo do amor e do desprendimento — quando a criatura humana se esquece de si mesma, de seus problemas e vai ao encontro das dores e das necessidades do próximo. Esse é o princípio de tudo. Quando o ser humano compreender a importância da verdadeira caridade, quando se der conta de que quando se coloca na condição daquele que estende as mãos para levantar o caído; quando no exercício do auxílio leva o socorro ao desvalido, o alimento ao faminto, a roupa ao desnudo, descobre que está servindo de instrumento do amor ao Cristo, então, será ele o maior beneficiário! Ao aprender essa preciosa lição, a humanidade, então, estará liberta do egoísmo exacerbado e, certamente, abrirá os braços amparando aqueles que mais necessitam! Somente nessa condição, o ser humano se tornará consciente, compreendendo que todo ato de caridade reverte para si próprio — o maior beneficiário da caridade divina!

Após breve pausa, prosseguiu:

— Tudo que você fizer ao próximo de forma espontânea, sem a preocupação de estar praticando caridade, mas de forma despretensiosa, com amor no coração, proporcionará que você se torne uma verda-

A TERAPIA DO *amor*

deira ponte de luz, um instrumento de amor Divino do Cristo, e o maior beneficiário será sempre você! Aquele que age com sentimento puro e genuíno do auxílio despretensioso, consciente de que não irá resolver os problemas do mundo, mas procura fazer o melhor que pode para amenizar o sofrimento do irmão mais necessitado, pode estar certo de que está trilhando o caminho da verdadeira caridade.

As palavras de Jorge tocavam fundo minha alma. Estava admirado diante daqueles conceitos a respeito de caridade, que anteriormente julgava algo piegas praticado por velhinhas carolas. Em minutos de conversa com Jorge e aqueles ensinamentos haviam mudado completamente minha visão de mundo acerca da prática da caridade. Era tudo muito lógico, era verdadeiro, e eu realmente me dava conta de que havia ciência naqueles conceitos!

Meu amigo continuou em suas explicações:

— Pois bem, o candidato a serviço do bem é uma antena viva que capta as mais sublimes e poderosas energias provenientes da Espiritualidade Superior, goza do amparo das hostes espirituais que protegem o trabalhador no bom combate, e a sensação de alegria que brota no íntimo da alma faz parte da recompensa que o trabalhador recebe ao praticar a caridade genuína e pura. Dessa forma, sua mente fica mais leve, seus sentimentos mais depurados e elevados e, consequentemente, torna-se uma criatura mais saudável tanto no campo espiritual, quanto material, uma vez que o Evangelho do Cristo nos asseverou: "cada um colhe o que semeia".

Fez breve pausa para finalizar:

— E quem semeia amor, colhe ainda mais amor, que se transforma em alegria, paz, saúde e todas as demais bênçãos provenientes do mais Alto!

Estava encantado com os esclarecimentos de Jorge. Não conseguia conter meu entusiasmo na busca pelo conhecimento. Indaguei:

— Quer dizer que aquele que se dedica a auxiliar o próximo, praticando a caridade, como você disse, de forma despretensiosa, consegue viver uma vida de paz, saúde, harmonia e isenta de problemas?

Com um sorriso bondoso, Jorge me respondeu:

— Não é bem assim, meu querido irmão. Nem o próprio Jesus ficou isento de dificuldades e problemas. O apóstolo Paulo teve de enfrentar a si mesmo a serviço do Cristo, sofrendo todo tipo de injustiças, perseguição, apedrejamento, prisão e, no final, a própria morte violenta. O Santo de Assis precisou dar seu testemunho de amor e compreensão diante dos vendavais que teve de enfrentar, superando todas dificuldades que se apresentaram em seu caminho. Em verdade, o que posso assegurar é que mesmo a serviço do Cristo, o homem não está isento de problemas, contudo, recebe o auxílio necessário ao seu fortalecimento em todos os sentidos: físico, moral e, principalmente, espiritual. Os problemas, as tormentas, as dificuldades surgirão no caminho, e muitas vezes até provações dolorosas, mas aquele que trilha o caminho do bem estará sempre fortalecido de tal forma a superar os obstáculos com serenidade e confiança em Deus! Mesmo porque não estará sozinho em sua caminhada. Vamos nos lembrar que Cristo jamais deixa o soldado do bem desguarnecido em seus suprimentos de amor e misericórdia.

Estava satisfeito.

A argumentação era consistente, forte e de entendimento fácil pela lógica do que ouvia. Sob o meu olhar crítico, quando me encontrava na vida material, as religiões tinham dificuldades em esclarecer seus fiéis por meio de argumentos fortes como os que Jorge me trazia pelos seus esclarecimentos.

Inclusive no aspecto da oração.

Anteriormente, jamais alguém me encontraria fazendo algum tipo de oração porque me sentia na condição de muita hipocrisia. Isso mesmo: hipocrisia. Era desse jeito que me sentia fazendo um sem-número de coisas erradas, reprováveis, inconfessáveis e, depois, para acalmar a própria consciência, por meio da prece ficar na "bajulação" a Deus, pedindo perdão dos pecados, para, em seguida, pecar novamente. Considerava que tudo aquilo seria muita falsidade de minha parte. Pelo menos era esse o meu conceito anterior a respeito de prece, antes do aprendizado que tivera naquela região de sofrimento.

Lembro-me de minhas críticas ácidas e até jocosas observando pessoas orando e pedindo a Deus perdão de seus erros, a cura para suas doenças, melhoria da condição material e financeira, alguns até oravam pedindo para ganhar na loteria. Era sempre um petitório sem fim e, para mim, algumas vezes sem nexo, porque imaginava em meus conceitos obtusos que se Deus existisse de verdade, se era mesmo o maioral e que sabia de tudo, por que eu precisaria pedir? Deus não conhece cada um de nós e não sabe de nossas necessidades? E o que mais me irritava era ver nas missas pessoas pedindo milagres, rezando ajoelhadas de mãos postas, para logo mais se envolverem em maledicência, em sentimentos de inveja e de raiva, em brigas, cultivando sentimento de melindres, ódio e mágoas.

Nesse ponto, sempre fui bastante impiedoso, pois muitos desejavam ser curados de suas doenças, procurando em Deus algum tipo de milagre, uma graça extraordinária e imerecida. Entretanto, aos meus olhos críticos não via ninguém dizendo: "Senhor, eu perdoo meu inimigo, não guardo mágoa daqueles que me ofenderam; eu estou me esforçando para me tornar uma pessoa mais amorosa, mais paciente, tolerante com os defeitos alheios; vou ser mais caridoso, piedoso com os mais necessitados."

Não, eu não via nada disso, e, por essa razão, era um crítico mordaz das religiões e das pessoas que viviam em igrejas sempre pedindo, mas pouco dispostas a fazer algo em favor do próximo.

Tudo agora era diferente à minha nova visão e entendimento.

ANTONIO DEMARCHI pelo Espírito AUGUSTO CÉSAR

A verdade é que não suportava ouvir orações que para mim se tornavam verdadeiros cultos de bajulação a Deus, principalmente quando ouvia as pessoas exaltando suas qualidades, dizendo: "Senhor, Vós sois o maior, o maravilhoso, o maioral, o perfeito, o iluminado, o bondoso, o suprassumo". Em minha ignorância, pensava: "Deus deve estar cheio dessas pessoas que ficam exaltando suas qualidades e depois fazem tudo às avessas". Ele já não sabe que é o maioral, que não tem ninguém acima dele, que é o princípio e o fim, que é eterno e imutável? Precisa que as pessoas repitam isso a todo instante em orações apenas superficiais, da boca para fora e, portanto, para mim sem valor algum?

Sorri comigo mesmo! Como eu havia mudado!

"Graças a Deus"! — eu disse, em voz alta.

Jorge compactuou comigo, dizendo:

— Graças a Deus, irmão! Graças a Deus que nos oferece oportunidades tantas quantas necessárias para o aprendizado, pelo amor ou pela dor, visando à nossa evolução nessa grandiosa jornada, rumo à perfeição, que é o destino de todos nós!

Esclareci a Jorge minha forma de pensar a respeito da oração e da prática da caridade, e ele sorriu gostosamente, porque, no fundo, agora com meus novos conhecimentos, meus pensamentos antigos poderiam ser considerados até engraçados, levando-se em conta minha total ignorância acerca desse assunto. Mas, Jorge ponderou:

— Você não tinha conhecimento, contudo, não estava totalmente equivocado, porque muitas pessoas ainda pensam que podem alcançar a Deus através de orações vazias, aquelas em que a pessoa faz sua oração com o pensamento totalmente voltado para outros problemas, ou quando ora com sentimento e interesses egoístas, em que apenas deseja receber benefícios sem qualquer esforço, seja moral, espiritual e até mesmo material.

— Sabe, Augusto, as orações vazias e ocas não surtem efeito algum, porquanto a verdadeira oração é aquela em que a pessoa coloca nela seus melhores sentimentos, sua emoção, seu coração, sem objetivos egoístas. Nessas condições, a oração é energia poderosa que alça as esferas mais elevadas da espiritualidade, alcançando seus objetivos, porquanto nenhuma oração, ou pedido sincero e honesto fica sem resposta de Deus, porém, no tempo certo, no tempo de Deus, porque o homem na maioria das vezes é imediatista, mas Deus tem seu tempo! Jesus nos ensinou que deveríamos apresentar nossas necessidades em oração, dizendo: "Pedi e dar-se-vos-á, buscai e achareis porque aquele que procura acha e aquele que pede, recebe"! Sim, todos serão atendidos, mas no tempo certo.

Fez breve pausa e prosseguiu:

— Não podemos esquecer que a oração não deve ser apenas para pedir! Não! Esse é um grande problema para muitos de nós ainda. Quase sempre nos esquecemos de agradecer! Na verdade, Augusto, a grande maioria de nós dá o devido valor àquilo que tem somente depois que perde. Isso ocorre quando adoecemos, então valorizamos a nossa saúde! Ocorre o mesmo com os bens materiais, aos quais atribuímos o justo valor quando passamos por dificuldades financeiras. Vamos sentir saudades e valorizar sentimentos depois que perdemos os afetos dos entes queridos, que nos precedem na grande viagem. Vivemos em conflito constante com nossa esposa, marido e filhos, mas quando sofremos a perda de um deles é que realmente percebemos o quanto eram importantes em nossa vida! O desempregado na angústia da incerteza que a falta do trabalho impõe vai recordar que não valorizou seu emprego anterior, que não se esforçou para fazer o melhor, e se arrepende na maioria das vezes, porém tardiamente. Assim também quando a enfermidade nos visita e vamos parar no leito da dor é que pensamos: "Ó Senhor, misericórdia, restitua minha saúde"! Mas, na condição de saudáveis, os dias correm e nos esquecemos de agradecer a Deus por esse dom maravilhoso que é gozar de uma saúde perfeita! E nós esquecemos de agradecer a Deus por esse privilégio!

— Não poderíamos, então, dizer — argumentei — que na maioria das vezes ainda somos seres ignorantes, relapsos, ou até que somos um tanto quanto distraídos? Falo isso por mim mesmo — esclareci —, porque hoje tenho consciência da extensão do amor que sinto por minha mãe e por meu pai e a falta que eles me fazem! Em minha vida terrena, jamais agradeci a Deus pelas coisas boas que tinha, incluindo a própria vida, mesmo porque não alimentava o hábito de agradecer.

Jorge ficou pensativo por breve instante, em seguida, esclareceu:

— Você dá a resposta à sua própria pergunta, Augusto. A verdade é que você não tinha a consciência que tem hoje! Podemos, sem dúvida, afirmar que muitas pessoas passam pela vida de forma inconsciente e distraída! Como já aprendemos, todos nós, sem exceção, iremos evoluir, e a evolução pressupõe um estado de consciência, no aprendizado do amor ou nas experiências dolorosas que fazem o espírito caminhar! Por essa razão, a necessidade de nos tornarmos criaturas conscientes o quanto antes, por meio do conhecimento da fé raciocinada, da verdade que ilumina e que liberta! Aquilo que antes você achava piegas, hoje você tem consciência e observa de forma diferenciada o valor da oração, da prece sincera, da necessidade da transformação íntima pela conscientização de si mesmo, pois quando o ser humano se transforma em um ser consciente, ele se modifica e, ao se modificar, também modifica o mundo! Para a criatura consciente não há necessidade de leis punitivas, por duas razões básicas: primeiramente, que não sente necessidade da prática do mal, porque se compraz com o bem. E depois, porque tem consciência que o mal hoje praticado é uma pedra que joga em seu próprio caminho a reclamar no futuro uma ação positiva para afastar o obstáculo criado para si mesmo.

A TERAPIA DO *amor*

Jorge fez silêncio oportuno para, em seguida, olhando em meus olhos, concluir de forma carinhosa:

— Entendeu, Augusto?

Sim, eu havia entendido! De um modo geral, somos viajantes distraídos que passamos pela vida sem viver de verdade, sem sentir no coração o prazer das coisas simples da vida, sem sentir a alegria genuína de valorizar os momentos que dividimos com as pessoas que amamos. Esquecemos de cultivar o sentimento de gratidão a Deus, Quem nos oferece diariamente novas oportunidades a se renovarem a cada manhã, em cada despertar! Dessa forma, à semelhança do viajante distraído na janela do trem, vamos olhando a paisagem passar velozmente e, quando nos damos conta, chegamos ao término da viagem e é hora de desembarcar, trazendo para o lado de cá bagagem extremamente pesada em função de nossas atitudes impensadas, de nossos sentimentos mal resolvidos, de emoções mesquinhas, de mazelas sem fim!

CAPÍTULO 10

SUICÍDIO *involuntário*

Nos dias que se seguiram, prosseguimos em nossa tarefa de auxílio retornando aos pacientes já conhecidos, como Alaor, o rapaz dependente químico, e Eufrásio, aquele que havia desferido um tiro contra a própria cabeça.

Aos poucos, Alaor parecia se aquietar em seu sofrimento, embora ainda permanecesse inconsciente. Quanto a Eufrásio, a cada visita eu sentia mais compaixão por aquele irmão. A lembrança da filha ainda pequenina era sua dor inconsolável.

Jorge estabeleceu um trajeto que deveríamos percorrer diariamente, visando dar sequência aos atendimentos, possibilitando avaliarmos a evolução de nossos pacientes.

A TERAPIA DO *amor*

— Vamos imaginar — esclareceu-me — que somos responsáveis por um grande hospital e que devemos ministrar os medicamentos aos pacientes. O que um médico deve fazer sempre? — perguntou-me, bem-humorado.

— Acompanhar a evolução dos pacientes — respondi, sorrindo. — Reavaliar a situação e a eficácia do tratamento, mudando a prescrição medicamentosa, se necessário — completei.

— Exatamente — concordou Jorge, animado, para em seguida complementar: — Para que isso seja realmente eficaz, precisamos definir quais os leitos que estamos atendendo, isso é, qual o trajeto que vamos estabelecer que permita eleger nossos pacientes e visitá-los com regularidade.

Não pude deixar de sorrir diante do bom humor de meu amigo.

Dessa forma, diariamente percorríamos os locais previamente estabelecidos, o que nos permitia tornar nosso trabalho mais efetivo a cada dia. Fomos acompanhando a evolução de Alaor; de Eufrásio; de Joana — a pobre moça que havia se suicidado pela ingestão de veneno —; de Sarita, uma jovem que, por desilusão amorosa, havia se jogado de um viaduto; de Eleutério, um médico que desencarnara precocemente por ser um fumante inveterado.

No passar dos dias, acompanhamos mais de perto Alaor, Eufrásio e Eleutério. Aliás, Eleutério era um caso interessante para meu aprendizado, porque a exemplo de Jorge e eu, também fora médico em sua última existência. A diferença entre nossos casos é que Jorge e eu havíamos desencarnado por imprudência no volante, enquanto nosso colega de medicina, pela condição de fumante compulsivo.

A primeira vez que nos defrontamos com Eleutério foi na entrada de uma gruta escura e malcheirosa, onde nosso irmão estava em profunda agonia. Aproximamo-nos, mas, antes do atendimento, Jorge pediu-me que examinasse o paciente cuidadosamente, como se estivesse em meu consultório. Aquele caso seria importante para meu aprendizado, arrematou meu amigo.

Olhei atentamente para a figura de Eleutério, esquálido, abatido, cabelos em desalinho, olhos esgazeados, respiração sibilante, peito arfando em profunda dispneia. Emitia gemidos surdos em função da dor profunda que sentia, levando as mãos sobre

A TERAPIA DO *amor*

os pulmões e garganta em busca do oxigênio que parecia lhe faltar.

Jorge pediu-me que estendesse minha mão direita sobre a cabeça — a região do centro de força coronário.

— Fixe bem sua visão sobre a faringe, a laringe, a traqueia e os pulmões do paciente e observe o seu estado geral — orientou-me Jorge. — Tente permanecer em oração com objetivo do auxílio — finalizou!

Foi o que fiz.

Apliquei minha destra sobre a cabeça do paciente, fechei os olhos em oração rogando amparo divino para aquele irmão em sofrimento. A sensação de calor nas mãos e a leveza que tomou conta de meu ser era um fenômeno a que eu pouco a pouco me acostumava. Abri os olhos observando que minha mão irradiava luz translúcida que variava entre a tonalidade verde-esmeralda e azul-claro. Senti que minha percepção visual se dilatava exponencialmente. Podia ver os órgãos do paciente em funcionamento, ou tentativa de funcionamento. Era como se tivesse uma visão de raio-X. A região da faringe, laringe e traqueia se apresentavam impregnadas de uma substância escura e pegajosa, inibindo a passagem do ar, o que explicava em parte a dificuldade respiratória do paciente. Acurando minha visão sobre os pulmões, fiquei impressionado, pois estava apto a examinar com cuidado as ramificações dos brônquios, bronquíolos e alvéolos e constatar que pareciam fundidos como se fossem uma só massa, escura e disforme. Aqueles órgãos sensíveis por natureza apresentavam-se completamente impregnados por aquela substância densa, escura e pegajosa que eu havia observado na garganta, apenas que em maior proporção. As formas ramificadas do câncer que havia tomado os pulmões do paciente eram impressionantes.

Após concluir o exame, Jorge orientou-me a prosseguir no atendimento. Com a destra sobre o centro coronário do paciente, eu me envolvi em prece profunda rogando que pudesse ser instrumento de auxílio àquele irmão em sofrimento. Mentalizei — do modo que Jorge havia me orientado — energias que pudessem aliviar o sofrimento daquele irmão. Meu amigo estendia as mãos sobre a região mais afetada do paciente. Das mãos de Jorge irradiavam energias em poderosos fluxos na tonalidade verde-claro a penetrarem profundamente as ramificações dos pulmões de Eleutério, diluindo de forma bem discreta, mas perceptível à minha visão, aquela gosma escura impregnada nos alvéolos. Demandou em torno de meia hora e, então, era possível constatar discreta melhora no estado geral do paciente.

Concluímos aquele atendimento com uma prece proferida por Jorge:

"Senhor da vida, nós te rogamos para que o ser humano seja mais consciente e responsável no zelo da saúde e preservação do próprio organismo, esse equipamento precioso que recebemos a cada oportunidade reencarnatória. Pedimos-te, Senhor, para que o homem tenha consciência, pois ao se entregar aos vícios perniciosos está destruindo a si mesmo e à sua própria saúde! É inconcebível, Senhor, imaginar que a criatura humana se entregue a falsos prazeres no processo de autodestruição pelo uso sistemático das drogas, pelo vício do fumo e das bebidas destiladas! Porque sabemos, Senhor, que um dia seremos cobrados, por nossa própria consciência, pela invigilância e males provocados em nós mesmos por meio dos vícios! Que jogamos fora oportunidades maravilhosas, abreviando nossas vidas pela consequência de nossos atos inconsequentes! Que nos tornamos suicidas involuntários, vítimas de nossa própria estupidez, resultando no agravamento de nosso sofrimento, em futuras encarnações!"

Fez nova pausa e prosseguiu:

"Nesse momento, nós te rogamos por nosso irmão Eleutério, que, por ser médico e ter conhecimento dos malefícios que o hábito do fumo provoca em nosso equipamento físico, agravou sua condição de suicida involuntário! Conhecemos a Sua Lei de Causa e Efeito, Senhor, mas também conhecemos Sua Lei da Misericórdia da qual somos eternos devedores! É para a Sua Misericórdia que rogamos nesse momento em favor de Eleutério, de forma a servirmos de instrumentos, mesmo que imperfeitos, do Seu Amor! Que possamos aliviar a dor e o sofrimento desse irmão! Que assim seja, Senhor!"

Terminada a oração, Jorge acomodou aquele irmão de modo a ficar em repouso por algum tempo. Eleutério estava em profundo adormecimento, sua respiração continuava sibilante e, seu peito, arfante, mas era possível notar que já apresentava melhoras significativas.

Confesso que muitas dúvidas me assaltavam o pensamento. Possivelmente, Jorge esperava por minhas perguntas, porque me estimulou:

— Alguma dúvida, Augusto?

Sorri com a espontaneidade do amigo.

— Muitas — respondi com um sorriso.

— Então, comece pela primeira! — disse, em tom descontraído.

— Você mencionou em sua rogativa que Deus pudesse conscientizar mais o ser humano a respeito dos malefícios do vício do tabaco. Disse também que os fumantes podem também se tornar suicidas involuntários. Mencionou ainda o agravamento do sofrimento do espírito em futuras encarnações. Gostaria que pudesse trazer o esclarecimento em termos espirituais, os agravantes e as consequências dessas atitudes desastrosas do homem encarnado.

Benevolente, Jorge me esclareceu:

— No caso de Eleutério, a causa de sua desencarnação prematura deveu-se aos problemas decorrentes do vício do tabaco. De modo geral, diariamente, criaturas encarnadas invigilantes antecipam sua partida ao além-túmulo, sendo desalojadas do corpo físico de forma dolorosa, em consequência dos mais diversos tipos de acidentes provocados pelo uso indiscriminado de bebidas alcoólicas, ou pela ingestão de entorpecentes. A grande maioria compromete a própria saúde física a se fragilizar, gradativamente, ao longo dos anos, quando o organismo é submetido de forma sistemática à ingestão ou inalação de alucinógenos, ou ainda aqueles que se tornam alcoólatras inveterados e que ainda se armam de imprudência ao dirigir e causar acidentes terríveis, atentando contra a sua vida e a de terceiros. São potenciais suicidas inconscientes e vítimas de sua própria invigilância.

Estava entendendo o que Jorge me dizia. Inclusive, o meu caso e o dele eram resultantes dessa invigilância, há pouco mencionada pelo amigo.

Jorge prosseguiu:

— Nosso equipamento físico é uma máquina perfeita, extraordinária, que demandou incontáveis séculos em contínuo aperfeiçoamento para servir de instrumento à evolução do espírito. Como mencionamos anteriormente, nosso organismo foi planejado de tal forma a reunir em sua essência defesas imunológicas objetivando sua autopreservação e a garantia da vida. Se a epiderme sofre alguma lesão, o organismo mobiliza recursos para coagulação do sangue, evitando a hemorragia. Por meio dessa coagulação forma-se uma "casca" que permite que as células se aglomerem e se recomponham, produzindo nova pele por baixo. Quando a "casca" descola, descobrimos pela cicatrização que o local lesado foi coberto por nova pele.

— Em um corpo saudável, Augusto, mecanismos sensíveis garantem ao corpo temperatura adequada para que o indivíduo se sinta confortável e até se esqueça da importância da saúde. Se o ambiente se torna muito frio ou tépido em demasia, uma rede de glândulas se mobiliza para regular e equilibrar a temperatura corporal. Se algum corpo estranho (bactéria) invade o organismo, glóbulos brancos se unem na defesa criando anticorpos e expulsando o invasor e, em casos mais graves, oferecem ainda o sintoma de que algo não vai bem, expedindo um sinal de alerta pela alta temperatura do corpo, comumente conhecida por febre.

E adicionou:

— Nosso sistema respiratório é composto pelos pulmões, que se ramificam em brônquios, bronquíolos e alvéolos, extremamente sensíveis, cuja finalidade é oxigenar o sangue pelo processo da hematose, que consiste na filtragem do sangue venoso nessa complexa rede de ramificações, entrando em contato com o oxigênio aspirado pelas vias aéreas, e transformando-se no sangue arterial. Esse processo ocorre incansavelmente 24 horas por dia, operado pelo diafragma e pelo coração, que, na verdade, são poderosos músculos que trabalham em perfeita sintonia, por meio da respiração contínua e do bombeamento do sangue para os quadrantes do corpo físico, até os vasos mais sutis das extremidades físicas. A vida segue em frente, e o ser humano continua desatento e ignorante diante do milagre da vida que se renova a cada respiração. Deveríamos de vez em quando fechar os olhos e perceber nossa respiração e as batidas de nosso coração! Isso é a manifestação da vida plena que não percebemos, porque estamos desatentos! A vida é grandiosa e maravilhosa, e viver cada momento com alegria no coração é o máximo!

E meu querido amigo concluiu:

— Ora, é inconcebível imaginar que nosso sistema respiratório tão frágil e sensível, que tem objetivo tão nobre na preservação da vida, seja utilizado pelos fumantes como filtro de fuligem, fumaça e venenos que o cigarro contém em sua formulação.

Ouvia atentamente a explanação de Jorge e confesso que, pela primeira vez, estava dando o devido valor ao sistema respiratório, tão maltratado pelos fumantes. Mas, não tive muito tempo em elucubrações, porque meu amigo prosseguiu em seu arrazoado:

— O cigarro é um poderoso adversário da saúde física e espiritual.

— Física e espiritual? — eu inquiri, curioso com aquela afirmação.

— Sim, Augusto, para que não pairem dúvidas, vamos tentar esclarecer fazendo uma síntese dos malefícios do fumo considerando o aspecto da saúde física, também abordar os comprometimentos espirituais que o tabagismo traz como consequência da dependência química e espiritual pós-túmulo. Primeiramente, muitas pessoas se equivocam ao imaginar que os venenos contidos nos cigarros se resumem à nicotina e ao alcatrão. Na verdade, a formulação de um cigarro contém uma infinidade de componentes químicos. Vamos enumerar apenas alguns, de uma composição de mais de quatro centenas de substâncias perigosas como o alcatrão, a nicotina, que são os mais conhecidos, mas podemos também enumerar outros como o ácido málico, o oxálico, o pectósico, o cianídrico, a amônia, o azoto, o amoníaco, o arsênio, a acetona, o óxido de carbono, o anidrido de carbono, a terebentina, a piridina, o formol, o fenol, além de metais pesados como o níquel, o polônio, o acetato de chumbo etc. etc., — todos eles altamente lesivos à saúde física, levando à inevitável e escravizante dependência química.

Jorge deu sequência à explanação:

— Como dissemos, nosso corpo físico é uma máquina perfeita que o Criador nos presenteou, para que nós, espíritos em processo evolutivo, pudéssemos desfrutar do privilégio e da responsabilidade de sua preservação, lembrando que o corpo físico serve de instrumento de evolução espiritual em nossas experiências reencarnatórias. Sim, o corpo material é um patrimônio sagrado; é nossa a responsabilidade de zelar por sua integridade, tendo a saúde física como resultado desse cuidado que devemos ter com o próprio equipamento físico. Dessa forma, podemos dizer que é inconcebível ao ser humano inteligente destruir sua saúde, jogando contra o próprio patrimônio no doloroso processo de autodestruição por meio de vícios de toda ordem que provocam dor, sofrimento, angústia e acabam por antecipar a partida para o mundo além-túmulo. Por isso, os viciosos inveterados que encontram a morte prematura são também considerados suicidas.

A TERAPIA DO *amor*

— Novamente, recordando o que dissemos, Augusto, quando o espírito encarnado se encontra em estado de equilíbrio emocional, o corpo físico também se equilibra porque se provê adequadamente de todas as energias que absorve, provenientes de várias fontes: pela alimentação, pela energia do sol, do ar e das energias cósmicas. Dessa forma, a energia vital se funde entre o físico e o espiritual, ficando em perfeito equilíbrio, permitindo o correto funcionamento do metabolismo físico. Então, o organismo reúne resistência e imunidade que permite combater e expulsar corpos estranhos ou substâncias nocivas à integridade física, porque o objetivo único de todas as defesas dessa máquina perfeita é a preservação e a manutenção da vida do inquilino que habita o corpo, isso é, do espírito.

E adicionou à explanação:

— Por essa razão é que o candidato ao vício do fumo, ao inalar pela primeira vez a fumaça do cigarro, sente-se mal, porque na primeira tragada o organismo é agredido de forma violenta pelos venenos contidos no cigarro, ou de qualquer outra droga. No caso do cigarro, o indivíduo sente tonturas, a vista escurece, a respiração fica opressiva, é acometido de tosse, náuseas, sua temperatura corporal baixa, afrouxa-se o piloro e as glândulas sudoríparas provocam intensa sudorese, de forma que a fronte do indivíduo fica molhada de suor. Essa é a reação corretiva do organismo, que mobiliza em caráter de emergência todos os recursos para expulsar imediatamente os venenos que foram inalados pela primeira vez. Se forem analisadas em laboratório, essas gotículas de suor irão revelar a presença das muitas toxinas do cigarro. Caso o organismo não reagisse imediatamente, bastaria um cigarro para que o candidato a fumante entrasse em estado comatoso.

Por fim, arrematou o meu amigo:

— Não obstante, o candidato ao vício do cigarro ou de qualquer outra substância vai insistindo, e o "mal-estar" gradativamente reduz, até que o indivíduo possa fumar, tranquilamente, um maço completo de cigarros sem aparentar, teoricamente, qualquer sintoma. A pergunta é: O que aconteceu? Os venenos não fazem mais efeito? Deixaram de ser nocivos à saúde? A resposta é: não! O que ocorre é que uma das funções primordiais do organismo físico é a manutenção da integridade da saúde e preservação da vida do indivíduo, pois à medida que o indivíduo se into-

A TERAPIA DO *amor*

xica com os venenos das substâncias, o organismo passa a se prevenir e a se programar para não ser apanhado novamente de surpresa. Dessa forma, o organismo segrega hormônios e anticorpos defensivos específicos, que, para facilitar o entendimento, podemos chamar de "antídotos", para combater os venenos, entrando em processo gradativo e natural de segregação defensiva. Desse modo, ocorre um fato muito interessante: ao se tornar o indivíduo um dependente quer seja do fumo, quer seja do álcool ou de alucinógenos, o organismo preventivamente segrega os antídotos que exigem a presença de tais substâncias para, então, as combater. É nesse contexto que se costuma dizer que o indivíduo se tornou dependente químico, porque o organismo se habituou à substância, e, se o indivíduo dela se abstém por algum tempo, origina-se a angústia descontrolada, uma vez que os antídotos segregados no organismo, não encontrando os venenos programados para combater, podemos dizer, criam um fator de necessidade da substância tóxica para voltar ao equilíbrio. Podemos citar o desespero dos dependentes do fumo capazes de se levantar no meio da noite para fumar, ou do alcoólatra que, na situação do "delirium tremens", só se acalma após a ingestão da bebida.

ANTONIO DEMARCHI pelo Espírito AUGUSTO CÉSAR

Ouvi atentamente os esclarecimentos, pois eram profundos e, ao mesmo tempo, preocupantes. Considerei que tudo aquilo representava um alerta, uma dura advertência aos encarnados que, de alguma forma, destroem sua saúde fazendo uso de substâncias ilícitas de toda espécie e abreviando seus dias na vida material.

Jorge prosseguiu:

— A verdade, Augusto, é que com o tempo o organismo acaba por sofrer os efeitos devastadores das drogas e do álcool. Os antídotos preservam a vida do indivíduo permitindo que ele possa se envenenar, gradativamente, sem perder de imediato sua qualidade de vida. Entretanto, isso não anula os efeitos das toxinas. Dessa forma, com o tempo o fumante começa a sentir entorpecimento nas extremidades dos dedos, em função dos resíduos opressivos que se acumulam nas artérias e vasos, as papilas gustativas vão perdendo a sensibilidade e o paladar, os pulmões, os brônquios e os bronquíolos vão se atrofiando em virtude do acúmulo de venenos em suas ramificações mais sensíveis; o coração fica excessivamente sobrecarregado passando a aumentar seu ritmo no movimento da sístole e da diástole em função dos comprometimentos de artérias importantes; surgem os riscos de AVC,[3] gastrite, úlcera gástrica, enfisema pulmonar e até câncer, que foi o caso de nosso irmão Eleutério.

Vivamente impressionado com os esclarecimentos de Jorge comentei:

— O ser humano deveria ser consciente de sua responsabilidade na preservação de seu corpo físico e de sua saúde, procurando evitar as drogas. Não é sem razão que são chamadas de "drogas", porque é uma droga mesmo e as pessoas desavisadas acabam por se autodestruir sem perceber.

— Tem toda razão, Augusto. Drogas são drogas mesmo. Mas, os comprometimentos e as consequências não param por aí. Os indivíduos se autodestroem fisicamente, abreviam seus dias terrenos, partem para o mundo espiritual carregando consigo graves perturbações emocionais de dependência química, tal qual inquilino expulso de sua residência por não ter cumprido as exigências contratuais de locação. A dependência químico-física fica também registrada no corpo perispiritual e mental do indivíduo. Ele fica

---

3   O Acidente Vascular Cerebral (AVC) acontece quando vasos que levam sangue ao cérebro entopem ou se rompem, provocando a paralisia da área cerebral que ficou sem circulação sanguínea.

despojado do corpo físico. Todavia, o desejo e a angústia pelo consumo da substância o acompanham do lado de cá, porque estão impregnados em seu corpo perispiritual e não lhe dão tréguas. Aqui não tem ponto de vendas de drogas, não tem tabacaria, não têm botecos para venda de bebidas. O espírito experimenta terrível e dolorosa perturbação angustiante que o leva à loucura pela falta da droga. Vai sofrer as agruras dos efeitos lesivos do corpo físico, que refletem também no corpo perispiritual. Além do mais, o espírito dependente em substâncias nocivas compromete encarnações futuras, pois as toxinas impregnadas no corpo espiritual deverão ser depuradas em vidas futuras. Assim, o espírito reencarna com severas limitações físicas: de ordem pulmonar, gástrica, respiratória e mental, de acordo com o seu comprometimento perante as Leis de Deus.

— Quer dizer, então, que Eleutério deverá, em sua próxima existência, reencarnar com problemas pulmonares? — perguntei.

— Não necessariamente será obrigado a expurgar tudo de uma só vez em uma próxima existência. Cada caso é um caso à parte, e os bons espíritos responsáveis pelo planejamento reencarnatório sempre analisam com muito cuidado e critério todas as necessidades de resgate, dependendo da condição espiritual de cada um, aplicando aquilo que é possível de suportar adequadamente. Existe a Lei de Causa e Efeito, mas Deus também nos permitiu sua Lei de Misericórdia, para que nós, eternos devedores da Misericórdia Divina, efetuemos os pagamentos de nossos débitos de forma gradativa, parcelada, ou ainda, pela prática do bem, no exercício do amor.

As últimas palavras de Jorge me tocaram profundamente. Passei a meditar acerca da Lei de Misericórdia permitir que os devedores possam protelar os débitos, ou ainda conseguir alívio para suas dores pela prática do bem e do amor.

CAPÍTULO 11

ESPÍRITO, PERISPÍRITO E *corpo material*

As revelações a respeito das coisas espirituais apresentadas por Jorge me surpreendiam. Olhava para meu amigo com novos olhos, sob outro prisma, e minha admiração pelo amigo aumentava. Observava nele uma imagem que irradiava beleza e simpatia, além de tênue luz clara ao redor de sua fronte. Essa nova imagem talvez fosse fruto de minha nova condição de entendimento e consciência — pensei com meus botões.

A cada dia, a cada momento, a cada atendimento, Jorge me presenteava com esclarecimentos extraordinários, que dilatavam meus horizontes de entendimento. Tudo o que me dizia era novidade em termos da medicina tradicional, agora sob a ótica espiritual.

A TERAPIA DO *amor*

Para alicerçar mais meu aprendizado, procurava traçar um paralelo com a medicina que eu havia praticado quando encarnado e me surpreendia ao constatar que, observando a racionalidade de seu funcionamento no lado espiritual, para mim se tornava algo espantoso, porque não se prendia simplesmente aos comprometimentos e análises dos efeitos físicos e materiais das doenças, mas a seu funcionamento mais amplo, além das consequências espirituais, fruto das agressões que impomos a nós mesmos por meio dos vícios que adquirimos. O resultado é que eu estava me tornando um aficionado da medicina, sob nova visão, novo conceito, nova consciência, uma vez que constatava que do outro lado da matéria a Medicina Espiritual não se detém apenas ao corpo físico pura e simplesmente, mas ao paciente como um ser espiritual que vive em um corpo físico, que o impacta a todo instante com suas emoções e sentimentos, agressões de diversas formas, sem contar as implicações além-túmulo, que sempre trazem reflexos das mazelas praticadas no corpo perispiritual.

Questionei uma vez mais meu amigo, pois desejava esclarecer acerca das consequências que carregamos para futuras existências, e a razão de o resgate nem sempre ser de forma dolorosa, mas amenizado pela prática do bem e no exercício do amor.

Jorge sorriu diante dos meus questionamentos e me respondeu:

— Augusto, esse é um capítulo extenso. Como funciona a medicina no lado espiritual para explicar os comprometimentos que têm origem no corpo físico, como atingem o corpo perispiritual e por que levam consequências para outras existências? Os esclarecimentos são longos, mas trazem em seu bojo a lógica do funcionamento da tríade — espírito, perispírito e matéria. Pois bem, tudo tem origem no espírito, que é o ser inteligente, pensante, o princípio e a causa que gera pensamentos, emoções e sentimentos. Ora, o espírito é uma centelha divina cuja origem é o próprio Criador, porque Deus é a causa primária de todas as coisas, isso é, nossa origem é Divina. Quer dizer, o espírito é o princípio inteligente onde residem as emoções, os sentimentos e demais atributos inerentes ao próprio Criador. Por sermos seres divinos ainda em estado evolutivo, trazemos em nossa natureza a necessidade do desenvolvimento dos atributos divinos do Pai Eterno, que são luz, bondade, justiça, misericórdia e, acima de tudo, amor. Ademais, o espírito, isto é, nós, somos seres divinos criados no estado de simplicidade e ignorância, destinados a viver experiências notáveis na grande aventura evolutiva rumo à perfeição, que é o destino de todos nós, sem exceção. Mesmo nas emoções mais negativas de brutalidade ou de dor, o espírito acumula experiências que ficam registradas em seu íntimo e que servirão de embasamento e balizamento visando a futuras reencarnações.

Nova pausa e Jorge me perguntou:

— Entendeu, Augusto? Somos espíritos em processo evolutivo, cuja meta é a perfeição. Um dia, não sabemos quando, porque para Deus o tempo é diferente daquele que conhecemos, seremos espíritos perfeitos, motivo pelo qual vivemos experiências e emoções intensas que marcam cada existência material. À medida que o espírito evolui, adquire conhecimento, desenvolve aos poucos sensibilidade e raciocínio, torna-se um ser consciente de suas responsabilidades e compreende que a evolução é uma necessidade primordial em sua jornada; se dá conta que existem apenas dois caminhos: o do amor e o da dor. Por essa razão, o ensinamento que apregoa: quem não evolui pelo amor, evolui pela dor. Dessa maneira, ao se conscientizar que o caminho do amor é o mais suave em sua jornada evolutiva, o espírito volta-se para a prática do bem, da caridade, da indulgência, do perdão das ofensas, da paciência, da tolerância, um aspecto que temos falado desde o princípio, entendeu? Em síntese, quando aprende a amar verdadeiramente, encontra o caminho evolutivo sem que a dor seja a ferramenta para sua ascensão espiritual. Entretanto, enquanto o espírito ainda se concentra em estado de brutalidade de sentimentos, é a dor que o faz caminhar e despertar para os sentimentos mais nobres. É na doença incurável que prostra o indivíduo em um leito de dor, é na perda de um ente amado, é na dificuldade financeira, é na limitação física pela perda de um membro ou a imobilidade total, que leva muitos espíritos, ainda renitentes na prática do mal, a despertarem para a necessidade de buscar em Deus o alívio a seus padecimentos, domando seus impulsos menos nobres.

Permaneci pensativo por breves instantes. O assunto era demasiado interessante, mas não poderia deixar passar minha dúvida, sob o risco de perder a oportunidade de esclarecimento.

— Pude observar, na condição de médico, alguns pacientes prostrados em um leito de dor, outros em uma cadeira de rodas, outros ainda paraplégicos, ou tetraplégicos que demonstravam bondade e aceitação, paciência, resignação e muitas vezes alegria na vida, mesmo naquelas condições adversas, contrastando com outros de corpo físico saudável, que em síntese teriam tudo para ser felizes, mas que maldiziam a vida e se revoltavam contra Deus. Como poderia explicar essas reações diferenciadas? — perguntei.

Como já estava acostumado, Jorge sorriu bondosamente e me respondeu:

— Sua pergunta é muito oportuna, Augusto. Cada espírito passa por situações diferentes e necessidades distintas, sejam pela evolução já alcançada, ou pela falta dela. Aqueles que desde o princípio não aceitam bem a visita da dor ou da limitação imposta por uma reencarnação compulsória são os que deverão sofrer com mais intensidade, porque é no sofrimento que irão burilar seus sentimentos mais acirrados. Entretanto, há espíritos que, conscientes de suas faltas clamorosas do passado, desejam acelerar seu processo evolutivo por meio de reencarnações reivindicadas por eles mesmos, para que, na condição de necessidades físicas especiais, tornem-se exemplos de superação para os que reclamam da vida, considerando-se injustiçados, porque não alcançaram o sucesso que desejariam pela lei do menor esforço. Dessa forma, temos acompanhado exemplos notáveis de espíritos evoluídos que, diante das dificuldades, superaram suas deficiências com alegria, coragem, luta e perseverança. Não se entregaram aos revezes que a vida impõe pela falta de um ou mais membros e, muitas vezes, de todos os membros físicos. Conhecemos exemplos de espíritos que nasceram apenas com o tronco e a cabeça e se tornaram palestrantes motivacionais admiráveis, que encaram a vida com alegria e superação. Respondendo à sua pergunta, Augusto, esses espíritos já galgaram degraus importantes na evolução espiritual e voluntariamente solicitam viver essa experiência a fim de acelerar ainda mais seu processo evolutivo.

Em complemento à explicação, Jorge asseverou:

— Compreendeu, Augusto? Há espíritos que necessitam viver experiências dolorosas por meio de reencarnações compulsórias ou expiatórias a fim de que possam, na dor, burilar e despertar os sentimentos mais nobres e elevados. Nessas condições, a dor representa o catalisador a impulsionar evolutivamente esses irmãos. Existem, porém, aqueles que já alcançaram relativa evolução espiritual, mesmo assim, por opção própria, reencarnam para viver experiências difíceis, objetivando acelerar ainda mais seu processo evolutivo espiritual. Para tais espíritos essas experiências significam grande aprendizado, além de servir de exemplo para toda humanidade. Entendeu? — perguntou, mais uma vez. — Esse fato por si só demonstra que o sucesso ou o fracasso depende da vontade e da determinação do espírito. Então, um espírito elevado que reencarna em um corpo fisicamente limitado vai servir de exemplo de superação, enquanto outros em estágio de fragilidade, em termos de evolução, recebem corpos saudáveis, mas reclamam da sorte, da vida, buscando sempre subterfúgios para justificar seus fracassos.

— Sim — respondi ao meu amigo —, entendi perfeitamente. O que faz toda diferença para a vitória ou o fracasso na vida do espírito é sua vontade, sua determinação, seja vivendo em um corpo perfeito e em condições favoráveis ou em um corpo com limitações, encontrando ainda toda sorte de dificuldades inerentes à experiência por ele mesmo solicitada.

ANTONIO DEMARCHI pelo Espírito AUGUSTO CÉSAR

Jorge sorriu e me esclareceu:

— Exatamente, Augusto. Para que o espírito seja considerado vitorioso, não há necessidade que tenha alcançado sucesso material ou financeiro, nem que tenha se destacado em termos intelectuais, mas que tenha vivido com alegria no coração, apesar das dificuldades e das limitações impostas pela matéria, e superado suas próprias deficiências íntimas. Na visão espiritual, o maior vencedor é aquele que venceu a si mesmo, venceu seus defeitos, suas neuroses e seus sentimentos menos dignos. É aquele que aprendeu a cultivar o amor, a praticar a tolerância e a exercitar a paciência. Esse é o grande vencedor diante da espiritualidade.

— Portanto, podemos concluir que o espírito é uma chama divina a ser desenvolvida, uma inteligência onde residem suas emoções e sentimentos. Ora, o espírito é imaterial e, dessa forma, a fim de que possa se manifestar na matéria, necessário se faz que se utilize de corpos intermediários que possibilitem a ele viver suas experiências evolutivas. O corpo perispiritual ou perispírito é o envoltório semimaterial que envolve o espírito e que serve de instrumento a propiciar sua ligação com o corpo denso, a matéria. Em síntese, o perispírito reproduz fielmente nosso corpo material em toda sua complexidade de órgãos e sistemas, apenas deixando bem claro que sua constituição é semimaterial, isso é, matéria fina sensível às ações e emoções do espírito que reflete em sua natureza e essência as consequências dos atos praticados, dos sentimentos vividos, das agressões sofridas quando na matéria. Ao desencarnar, o espírito leva registrado em seu corpo perispiritual as marcas indeléveis do bem ou do mal praticado quando encarnado.

— Assim, meu amigo, desalojado do corpo físico pela morte, o espírito aporta do lado de cá refletindo em sua intimidade a luz ou as trevas, o amor ou o ódio que cultivou na vida física. É importante que se ressalte que não existem milagres, pois somos resultado de nossas atitudes e sentimentos vividos na matéria. Como já dissemos, o espírito desequilibrado gera emoções desequilibradas, que geram pensamentos nocivos, que geram energias mentais negativas, que bombardeiam o organismo físico, que desequilibram suas energias vitais, refletindo em doenças a se manifestarem no corpo físico. Agora, analisando o lado inverso: espírito equilibrado gera emoções equilibradas, que geram pensamentos felizes, que geram energias mentais positivas, que impactam favoravelmente as energias vitais, trazendo ao espírito encarnado uma vida saudável em termos físicos e espirituais. Recordando, mais uma vez: todo sentimento elevado de amor e desejo sincero na prática do bem produzem energias benéficas àqueles que assim agem. Por essa razão é que dissemos que, ao praticarmos o bem no verdadeiro sentido, somos nós os maiores beneficiários da Misericórdia Divina. Considerando que ainda somos espíritos em estágio evolutivo, portadores de muitas mazelas, é que nos recomendou Jesus a vigilância e a oração. Vigilância quer dizer atenção às possíveis oscilações — quando não se está bem, abeirando-se do desequilíbrio — para, em seguida, utilizar-se do recurso da oração, imprescindível para sair de vibrações negativas que muito nos fazem mal.

As palavras de Jorge me remetiam a preciosas lições ministradas anteriormente. Após essa explanação, tudo parecia extremamente lógico.

Jorge continuou a explicação:

— Dessa forma, Augusto, o corpo perispiritual, por sua natureza e sensibilidade, registra em sua organização o mal que perpetramos contra nosso mais valioso patrimônio: o corpo físico e a nossa saúde. Já sabemos que os desregramentos em geral são extremamente prejudiciais e deixam marcas profundas no corpo perispiritual. Por conseguinte, aquele que abusou do fumo, do álcool e das drogas conserva as marcas desses abusos impregnadas no perispírito, exatamente na região afetada, por exemplo: o fumante inveterado não compromete apenas a saúde física de seus pulmões, brônquios, bronquíolos, alvéolos, faringe, laringe e boca, mas também lesa esses órgãos no corpo perispiritual. Essas marcas ficam registradas até que sejam expurgadas em futura reencarnação, transferindo as lesões do corpo perispiritual para o novo corpo físico a ser formatado por meio do planejamento reencarnatório. É nesse momento que funciona a Lei da Misericórdia Divina. Esse resgate não precisa, necessariamente, ser em uma próxima reencarnação, de uma só vez, mas de forma gradativa, de acordo com as possibilidades de cada um, analisadas antecipadamente pelos espíritos responsáveis pelo planejamento reencarnatório.

E fez um esclarecimento:

— Desejamos deixar claro que as marcas indeléveis que registramos em nosso corpo perispiritual são igualmente resultantes de pensamentos desequilibrados de ódio, mágoas, ressentimentos e de maldade. Quando gravitamos nossos pensamentos nas esferas vibratórias do ódio, das mágoas, dos ressentimentos, do negativismo, dos queixumes improdutivos, da inveja, nos entregando à maledicência, passamos a cultivar energias extremamente destrutivas a envenenar nossa organização física, provocando distúrbios metabólicos que se manifestam no corpo material e no corpo perispiritual, cujo resultado é a luz ou a sombra que refletimos após a desencarnação. E aqui mais uma vez se aplica com sabedoria o Evangelho do Cristo: "a cada um segundo suas obras". Quem viveu para o bem, cultivou o amor, registra com cores vivas e coloridas a luz, fruto da prática do bem. Então, se apresenta no mundo espiritual com vestes espirituais iluminadas; em contrapartida, o indivíduo que viveu na brutalidade, dando-se ao cultivo do mal, aporta do lado de cá com aspecto triste, denso, pesado, escuro, porque reflete em si mesmo o "modus vivendi" de outrora.

— Entendeu, Augusto? — concluiu Jorge com seu costumeiro sorriso de bondade.

Aquiesci com um movimento de cabeça. Mas, meu amigo ainda prosseguiu com a explicação:

A TERAPIA DO *amor*

— A verdade é que, na contabilidade Divina, tudo é perfeito. O infrator terá novas oportunidades de soerguimento. O devedor terá seus débitos controlados para que sejam quitados de forma parcelada, à medida de suas forças e condições espirituais. O renitente viverá as necessárias oportunidades para seu aprendizado vivenciando a dor e as dificuldades, chegando, em situações extremas, à aplicação de reencarnações compulsórias, para evitar sua derrocada maior. Mas, em todas as situações de vida, antes da aplicação da ação e reação, da Lei de Causa e Efeito, a Misericórdia Divina estará sempre à frente com a devida prioridade, em todas as circunstâncias para qualquer um dos filhos do Pai Misericordioso. Mas, cada um irá vivenciar as situações necessárias ao seu aprendizado espiritual, de acordo com suas forças e possibilidades.

Sentia-me extasiado pelos ensinamentos de Jorge. Percebia que deveria explorar ao máximo os conhecimentos de meu amigo. Já havia entendido o mecanismo e o funcionamento dos resgates, a importância do corpo perispiritual, da aplicação das leis, particularmente a da Misericórdia Divina, mas desejava ouvir mais ainda do meu amigo. Afinal, tinha a viva impressão de que Jorge não deveria permanecer por mais tempo comigo naqueles sítios. Em minha percepção íntima, tinha leve desconfiança que meu amigo me preparava de modo a dar prosseguimento àquela tarefa no Vale dos Suicidas e que, no fundo, Jorge era um espírito de muita sabedoria. Era o que revelavam seus ensinamentos. Dessa forma, indaguei mais uma vez:

— E o que acontece aos espíritos que já estão no estágio de consciência espiritual, cuja opção evolutiva é o caminho do amor?

O sorriso estampado no rosto de Jorge era de carinho e bondade. Abraçou-me e respondeu:

— Ah, meu amigo, Augusto! Você não me decepcionou: já esperava por esse seu questionamento. É interessante que você destacou que o espírito, quando alcança esse nível de consciência, já compreendeu que a vida é apenas um reflexo de si mesmo, de suas atitudes, emoções e pensamentos. Então, fica mais fácil trilhar o caminho do amor como opção evolutiva, mesmo porque, nesse estágio de entendimento o espírito não está isento das dificuldades, pois tudo representa um aprendizado ao espírito imortal. Entretanto, todas dificuldades e dores que sobrevirão não representarão um caminho penoso em sua travessia, porque, nessas condições, o espírito encontra-se extremamente fortalecido em suas convicções, o que vale dizer que estará muito bem alicerçado na prática do bem e na vivência do amor e do desprendimento.

E prosseguiu:

— Podemos afirmar que as dificuldades e as provações são inerentes ao nosso aprendizado e evolução, mas, quando o espírito alcança o estágio de consciência de si mesmo supera de forma menos dolorosa as tormentas, as tempestades, sem se abalar espiritualmente, porque estará muito bem alicerçado em bons pensamentos, em sentimentos salutares e em sintonia com as energias mais poderosas que regem o Universo, a partir do Criador, que são as energias do amor! Em síntese, nesses casos é que se manifesta a fé genuína por sua própria natureza, como nos ensinou Jesus: "Se tiverdes a fé do tamanho de um grão de mostarda, sereis capazes de remover todas as montanhas e obstáculos". Entendeu, Augusto? Em sua grandiosa jornada rumo à perfeição, mesmo os espíritos que já atingiram o estágio evolutivo de consciência não estarão imunes às provações, mas vale ressaltar que essas provações não necessariamente se apresentam na condição de resgates, mas de oportunidades evolutivas que o espírito leva avante com serenidade que lhe é característica pelo estágio evolutivo que conquistou e porque, nesse estágio, seu coração vibra na sintonia do amor maior.

Sentia-me um privilegiado recebendo tantos ensinamentos de um amigo tão querido. A verdade é que, observando melhor, o triste Vale dos Suicidas já não se afigurava para mim tão triste e melancólico como o de tempos atrás.

CAPÍTULO 12

OS REFLEXOS DAS EMOÇÕES NA *saúde física*

Os ensinamentos de Jorge eram profundos e provocavam em minha mente um turbilhão de pensamentos.

Sim, havia entendido que é o espírito a dar vida ao corpo físico. O espírito é a chama divina, o brilho nos olhos, é a paixão que se manifesta no coração, é o sentimento que anima a vida. Que o espírito é o princípio inteligente criado por Deus simples e ignorante, mas destinado à perfeição por meio das múltiplas experiências a serem vividas na matéria e também fora dela. Que sem a presença do espírito que o anima, o corpo físico é simplesmente matéria morta.

Havia compreendido perfeitamente que é o espírito o "ser" pensante, que nesse "ser imaterial" residem todas as emoções, sentimentos e aprendizado espiritual e intelectual. Que é uma inteligência, uma centelha Divina, uma individualidade que, por sua natureza imaterial, necessita de um corpo intermediário para atuar na matéria. Que esse corpo intermediário, situado entre o espírito e o corpo físico, recebeu a denominação de perispírito, que é constituído de matéria fina, imperceptível aos olhos materiais, mas que, por sua extrema sensibilidade, torna-se qual um diário onde anotamos, deixamos registradas todas as nossas impressões, atitudes e ações do dia a dia, positivas e negativas, os nossos sentimentos. E, ao desencarnar, o corpo perispiritual, juntamente com o espírito, desprende-se do corpo físico, levando registradas em suas páginas todas as marcas de nossas experiências, de nossas atividades vivenciadas enquanto na matéria.

Jorge já havia me esclarecido que os impactos sofridos no corpo físico resultantes do consumo de álcool, fumo e substâncias químicas, também de todo tipo de vício, têm como princípio a manifestação no corpo material, para depois refletir no corpo perispiritual. Eu me sentia tomado de profundo entusiasmo com as novidades e, sinceramente, estava sedento para mais conhecimento.

Queria entender mais o mecanismo de como o corpo físico sofre os impactos dos sentimentos e emoções do espírito a se manifestarem na matéria física na condição de doenças, patologias, ou o inverso, em saúde e vitalidade. Havia entendido perfeitamente que nossas ações ficam registradas no corpo perispiritual, mas e o processo inverso? Do espírito para a matéria?

Manifestei meu desejo e, mais uma vez, meu amigo abraçou-me com um sorriso benevolente.

— Perfeitamente, Augusto. Vamos tentar de forma bem simples facilitar o entendimento do funcionamento das energias que o corpo físico necessita e se nutre na condição de invólucro do espírito encarnado. Como já discutimos, quem comanda todo o funcionamento do corpo é o cérebro e quem comanda o cérebro é o espírito, mesmo que de forma inconsciente. Vamos falar da reencarnação do espírito, como ponto de partida, quando recebe um equipamento físico novo! Para a efetivação dessa reencarnação, o espírito certamente passara por planejamento espiritual minucioso, realizado pelos responsáveis por meio de uma anamnese completa do espírito. Suas possibilidades e necessidades determinam o ambiente onde deverá reencarnar, com reencontros, resgates, enfermidades expurgatórias, fragilidades físicas visando sempre ao seu aprendizado. É importante ressaltar que cada caso é um caso.

— Analisemos um quadro comum, em que o espírito foi programado para reencarnar e viver uma vida sem maiores atribulações, extraindo aprendizado e proveito do ambiente e dos espíritos que o receberam na condição de filho. Vamos imaginar que esse espírito reencarnou para viver na matéria uma experiência física que demandaria 85 anos. Ele já reencarna trazendo em sua programação o quantum de energia vital adequada para que, vivendo com sabedoria, equilíbrio e bom-senso, goze, por esse período, de boa qualidade de vida! Ora, nosso corpo físico é um patrimônio sagrado, cuja preservação está a cargo do espírito. Em sua nova existência, o espírito anima esse novo corpo, que irá se desenvolver à medida que se alimentar adequadamente. Por ocasião da concepção em que o espermatozoide fecunda o óvulo, o espírito já assume de forma inconsciente o comando e a coordena-

A TERAPIA DO *amor*

ção para formação do novo corpo, como se baixasse um *download*[4] de um programa complexo, que reúne a capacidade de formar o novo corpo de acordo com os padrões genéticos herdados de seus pais, e que vai evoluindo e tomando forma de acordo com a programação reencarnatória para as necessidades espirituais daquele novo corpo. Para mais entendimento, podemos dizer que esse mecanismo é inerente a todos os seres vivos, mesmo àqueles em estágio evolutivo inferior, tais quais os animais irracionais, porque neles também se manifesta o princípio inteligente, em estado primitivo, não individualizado. Dessa forma, no reino animal o processo de gestação responde pela criação de novo corpo do filhote, obedecendo à toda complexidade e biotipo inerente a cada animal, processo esse gerenciado pelo princípio inteligente.

Após breve pausa, Jorge continuou a me esclarecer:

— Retomemos a explicação pertinente ao corpo físico humano, Augusto, para que seja bem esclare-

---

4 O *download* (baixar, em uma tradução simples) é um termo que corresponde à ação de transferir dados de um computador remoto para um computador local.

cido seu desenvolvimento e complexidade. Para que uma criança cresça com corpo saudável deve ter uma alimentação adequada a cada etapa de sua idade, pois nessa fase o corpo se alimenta basicamente de alimentos líquidos e sólidos que são ingeridos, devendo conter as vitaminas necessárias (cálcio, ferro, fósforo) e demais requisitos básicos para formação de um corpo físico saudável. Cumpre esclarecer que o corpo físico, além da alimentação regular, carece de oxigênio, da energia solar e das energias que abundam pelo Universo, pois o ser humano, um ser universal, parte integrante do todo, também se alimenta das energias cósmicas que saturam o Universo. Entretanto, à medida que a criança desenvolve seu corpo físico, um fator importante passa a influenciar em saúde física — a tomada gradual de consciência do espírito, suas tendências morais e sua condição emocional. Ao atingir a juventude, o espírito já se encontra em plena posse de sua personalidade emocional. Nesse momento é que começa a produzir efeito um fator de extrema importância na vida da criatura humana: as energias mentais e emocionais. Para que haja mais entendimento desse mecanismo, vamos sintetizar de forma mais simples esse processo.

A TERAPIA DO *amor*

— O corpo físico é composto de células, dos tipos mais variados (células epiteliais, sanguíneas, nervosas, musculares, ósseas e outras tantas) e cada uma de acordo com sua função no organismo. De um modo geral, as células humanas são extremamente complexas e têm seu núcleo constituído de carboidratos, lipídios, proteínas, enzimas, ácidos nucleicos, vitaminas e, principalmente, água. Genericamente, na composição de uma célula há em média 85% de água, primordial na manutenção da vida física, funcionando na forma de dispersante de compostos orgânicos e inorgânicos. Atua também como agente intermediário para o intercâmbio de moléculas entre os líquidos intracelulares e extracelulares. Vale dizer que, por sua natureza, as moléculas são poderosos agentes condutores de energia para o corpo físico, sensíveis aos alimentos ingeridos (sólidos e líquidos), além de servirem de poderoso ímã a captar integralmente as energias mentais. É nesse momento que entra em cena o fator mitose. Afinal, o que é a mitose? Qualquer médico conhece a mitose — processo de multiplicação das células. Ora, diariamente, morrem e nascem novas células no corpo físico. Esse é um processo harmônico coordenado pelo cérebro (que, por sua vez, é comandado pelo espírito). Dessa forma, podemos afirmar que nosso corpo sofre mutações desde o princípio e vai continuar se alterando até o instante da morte. É nesse aspecto que ocorre a grande diferença em relação à análise da medicina espiritual, pois do lado de cá conseguimos identificar e avaliar o processo em que as células se nutrem de nossa energia mental e emocional. As energias mentais carregadas pela emoção do espírito: de amor, de carinho, de bondade, de brandura e, principalmente, de equilíbrio emocional geram energias salutares, com um diapasão energético em que a luz é sua principal fonte de energia. Amor é luz, luz é energia em sua forma mais poderosa e pura e é nessa energia que nossas células se banham e se alimentam, gerando aura de saúde física e mental que mantém em equilíbrio o corpo físico, com alta imunidade, que dificilmente adoece, e, caso contraia alguma infecção, o próprio organismo, fortalecido em termos imunológicos, encarrega-se de expulsar os corpos estranhos e debelar a infecção.

Ainda sobre o mesmo tema, continuou Jorge:

— Nessas condições, ou seja, dotado plenamente de energias saudáveis imunológicas, o espírito vive uma vida equilibrada, sempre de bom humor, (apesar das contrariedades que possam ocorrer), apto a superar as dificuldades e os obstáculos com mais segurança e facilidade, além de apresentar demanda de tempo mais longa para apresentar sinais de velhice. E, ao atingir idade mais avançada, certamente exibirá fisionomia saudável, apesar dos anos que se acumulam em seu equipamento físico. Ora, é assustador e preocupante quando analisamos o efeito contrário.

Jorge respirou profundamente e seguiu com a explicação:

— O espírito, ao se posicionar na condição mental de desequilíbrio emocional, envereda para uma faixa perigosa de energias mentais perniciosas, mórbidas, destrutivas e doentias. Integram essa faixa vibratória: o egoísmo, o negativismo, sentimentos inferiores (ciúme exacerbado, inveja, ganância, sexo não criterioso, brutalidade, mágoas, melindres, rancor e ódio). Nessa frequência vibracional, a mente gera poderosas energias negativas que se apresentam em diapasão vibratório denso e em tonalidades escarlates e escuras, por meio das quais as células do corpo se alimentam, produzindo enfermidades de toda espécie. Devido a essas energias enfermiças a envolver o corpo físico, as patologias que o indivíduo tem tendência a desenvolver ganham força, uma vez que a imunidade física se apresenta frágil, um aspecto que leva o indivíduo a constantes tratamentos alopáticos, uso indiscriminado de medicamentos que atuam nas consequências, ignorando-se completamente a causa da enfermidade. Por essa razão, nunca é demais repetir que temos dois caminhos para alcançar a evolução: pelo amor ou pela dor. Ao se tornar renitente nos caminhos do negativismo, o espírito sofre as consequências de seus próprios pensamentos, emoções e atitudes invigilantes.

As palavras de Jorge me levavam a entender e a avaliar, aos poucos, a beleza da Justiça Divina. Naquele momento, meu entusiasmo era tamanho que externei meus pensamentos em voz alta, de que precisamos evoluir, porque fomos criados simples e ignorantes, e que nessa longa caminhada rumo à perfeição o Criador nos provê de todos os recursos necessários, porém é o próprio espírito o artífice de sua ascensão espiritual, sempre sob os auspícios de Deus! Trilhando o caminho do amor ou sofrendo os golpes da dor, o espírito sofre, cai, levanta-se, chora, sorri, torna a cair e a se levantar novamente até compreender que o caminho do amor consiste no meio mais curto à redenção do espírito infrator.

Jorge sorriu diante de meus comentários, complementando:

— Tem toda razão, Augusto, apenas acrescentaria que o espírito, ao atingir a escala do entendimento, o estágio da consciência, busca saber quem é, de onde veio, qual o seu destino e sabe que tem à sua disposição os recursos de que necessita para sua ascensão espiritual. Tudo se torna mais suave e rápido, porque compreende que, quando ama, pratica o bem, emite pensamentos de paz, harmonia e alegria, o maior beneficiário é ele próprio. Já mencionamos isso lá atrás, mas nunca é demais repetir. Se não, vejamos: muitas criaturas humanas vivem em um ambiente mental de energias enfermiças criadas por elas mesmas, e o que é pior: se comprazem em cultivar pensamentos e emoções negativas. Resultado: é o próprio espírito que sofre todas as consequências e mazelas de seus pensamentos desequilibrados. Então, o famoso "pavio curto", "o nervosinho", aquele que não tem paciência perante situações e pessoas, que está sempre pronto a revidar ofensas e palavras mal proferidas, porque não leva desaforos para casa, acaba por contrair uma gastrite nervosa. Procura o médico para tratar os sintomas, mas não as causas. Dessa forma, o paciente nervoso se transforma em sério candidato a contrair problemas mais graves, uma vez que o desequilíbrio emocional gera patologias crônicas, tais quais pressão arterial elevada, risco de AVC, colapso cardíaco, úlcera gástrica etc. Nesses casos, o que se observa é que a medicina cuida apenas do efeito, porque o fato gerador (sentimentos, emoções e pensamentos desalinhados) continua a produzir energias patológicas, comprometendo a saúde do paciente, pois nervosa não é a gastrite ou a úlcera, mas sim o paciente.

E deu sequência à explicação:

— Identicamente, as pessoas que habitualmente cultivam melindres, mágoas, sentimentos de rancor e ódio geram energias mentais extremamente prejudiciais a envenenar todas as células de seu corpo físico. Apesar de se tratar de desequilíbrio em nível mental e emocional, os efeitos recaem sobre o corpo físico, pois, como falamos, nossas células são basicamente constituídas de água, e a água é um poderoso catalisador de energias, sejam elas negativas ou positivas. Então, as células do organismo do paciente que alimenta sentimentos de ódio, mágoas, melindres saturam-se de energias perigosas e doentias, de modo a provocar dores no peito, respiração opressiva, pois que as mágoas nada mais são que as águas das células que se envenenaram, e, por isso, as chamamos de "má água" ou, de acordo com o vulgo popular, de mágoas.

— Relembrando: a mitose é o processo de multiplicação das células que, em um indivíduo equilibrado, ocorre de forma harmônica, contrariamente, o composto celular se apresenta adulterado, intoxicado, ocorrendo tal qual certa rebeldia no processo da mitose, o que resulta o surgimento de tumores no organismo, fator que pode desencadear o tão temido processo cancerígeno.

Após breve pausa, Jorge asseverou:

— Por essa razão que, na ótica da medicina espiritual, podemos dizer que, mente sã gera corpo são, e, aliás, esse era um dos pensamentos filosóficos dos antigos sábios gregos. A educação da criança para não ter que punir o adulto. Nisso consiste grande verdade que pode ser ampliada, pois quando o espírito adquire consciência, adquire também educação e conhecimento que lhe faculta uma caminhada em direção à perfeição, que é o destino de todos nós, de forma mais suave e sem mais sofrimentos. Que beleza quando a humanidade se conscientizar dessa grande verdade.

Não pude deixar de fazer uma observação em tom de brincadeira:

— Quando isso acontecer — comentei —, temo por nossa profissão, porque ninguém mais vai precisar de médicos.

Jorge não pôde conter seu sorriso.

— Quando isso acontecer, Augusto — respondeu meu amigo —, os médicos terão outras funções, tão nobres quanto o é a medicina.

— Como qual?

Jorge sorriu benevolente e me respondeu:

— Como professor, por exemplo. Quer profissão mais nobre que a de professor? Não existiria qualquer profissão — nem médicos, nem engenheiros, nem filósofos, nem cientistas —, se não fossem os professores a nos ensinar as primeiras letras do alfabeto.

Em seguida, ficou com a fisionomia séria e complementou:

A TERAPIA DO *amor*

— Hoje, o que a humanidade mais precisa é aprender o alfabeto na cartilha do amor para, em seguida, colocá-lo em prática! Para isso, precisamos de professores altruístas, que, além de ensinarem o ABC, possam também ministrar exemplos de respeito, benevolência, bondade, paciência, humildade e, sobretudo, de amor!

Permaneci pensativo por instantes a refletir naquelas sábias palavras, que calaram fundo em minha alma. Foi Jorge quem me despertou de minhas elucubrações.

— Entendeu o processo inverso, Augusto?

Sim, eu havia entendido perfeitamente. Por meio das variadas doenças nós lesamos nosso corpo perispiritual, provocadas essas por nossas atitudes desairosas, vícios, imprudência e irresponsabilidade na administração descuidada de nosso vaso físico. Porque, sobretudo, tudo se inicia no espírito, onde se transforma em pensamentos e emoções que se transferem do espírito para o corpo perispiritual e, finalmente, para o corpo denso.

Jorge sorriu quando externei meu pensamento e arrematou:

ANTONIO DEMARCHI pelo Espírito AUGUSTO CÉSAR

— Sim, Augusto. É quando dizemos que o espírito ainda é dominado pela matéria e sofre o aprisionamento das paixões materiais do qual se torna um escravo dos sentimentos e emoções inferiores, sofrendo todas as consequências das injunções da matéria que o aprisiona. Nessas condições, o espírito é um prisioneiro de si mesmo, de suas emoções e paixões inferiores. Mas, ao se libertar pela evolução espiritual, galga degraus mais elevados da espiritualidade e se manifesta altaneiro e grandioso diante dos acontecimentos da vida.

CAPÍTULO 13

SUICÍDIO E *consequências*

Nos últimos dias, tinha consciência de que, nas atuais circunstâncias e experiências vividas, eu era um privilegiado. Agora sim podia, plenamente convicto, afirmar a minha condição de devedor diante de Deus e da espiritualidade.

Sim, era exatamente isso que sentia em meu íntimo. Naquele palco de sofrimento que me rodeava, o Vale dos Suicidas me apresentava quadros onde a dor e a angústia campeavam por todos os lados, e as situações dolorosas daqueles irmãos representavam para mim profundos ensinamentos em termos de valorização de algo que jamais havia imaginado valorizar em meu pequeno mundo material: o auxílio ao mais necessitado.

Como poderia eu pensar em algo semelhante se não estivesse vivendo aquela situação tão nova e desafiadora? No início a incompreensão, a ignorância do que acontecera comigo, depois o questionamento e as dúvidas e, em seguida, a descoberta de que me encontrava "morto", mas compreendendo que a morte não existe, mesmo porque me sentia tão vivo quanto em meu estágio na matéria. Depois a luz que passou a nortear meus pensamentos, ampliando minha mente, iluminando minha consciência com os ensinamentos ministrados por um "aparente" companheiro de infortúnio.

Sabia que estava morto para a matéria, mas me sentia mais vivo que nunca, na plenitude da consciência do meu "eu", de quem eu era e de ter a capacidade de analisar e compreender meus equívocos do passado causados por minha total ignorância espiritual.

Pensava comigo que era lamentável não compartilharem os médicos encarnados da mesma consciência de que eu dispunha agora. Sem julgamentos, nem críticas, porque eu também fora, em minha santa ignorância, alguém que por praticar a medicina, e pelo fato de lidar diariamente com a vida e a morte me considerar diferenciado, muitas vezes um "deus" perante os demais.

Os ensinamentos de Jorge jorravam aos borbotões, ampliando o meu conhecimento e permitindo que fosse crítico de mim mesmo, de minhas falhas e de minha ignorância. Mas, o mais importante de tudo era perceber que a medicina no lado espiritual não se restringe apenas ao diagnóstico das enfermidades, mas, principalmente, à compreensão de suas origens, e que viver com saúde é antes de tudo uma questão de harmonia e controle emocional.

O restante é consequência.

Havia transcorrido algum tempo desde o início de nosso trabalho de atendimento fraterno. Naqueles últimos dias, havíamos intensificado nossa atenção aos novos assistidos que eu acompanhava mais de perto, por recomendação de Jorge.

Em nossa última visita pude verificar importante evolução, particularmente nos casos de maior gravidade. Jorge sempre me esclarecia que era importante ter consciência de que a solução mais adequada demandaria longo tempo, considerando que o suicídio é um caso de profunda violência atentada contra a própria vida.

— O suicídio é considerado pela espiritualidade um dos casos de maior gravidade em termos de responsabilidade, uma vez que consiste em violência brutal que o espírito perpetra contra si. Buscar o extermínio da própria existência é algo incompreensível, porque a vida, o dom de existir, é um presente concedido por Deus. Todavia — complementou Jorge —, absolutamente não nos cabe julgar quem quer que seja, mesmo porque nós também estamos no mesmo caminho, embora tenhamos praticado tal ato por leviandade, ignorância e inconsciência. Não é sem razão o atroz sofrimento que passa o suicida quando coloca termo à vida material de forma violenta; por meio do sofrimento irá entender o valor e a importância da vida e a necessidade sempre de buscar formas alternativas de solução para os problemas mais graves, desde que não seja colocar termo à própria existência. Ao aportar no mundo espiritual, atormentado pelo sofrimento sem fim, o suicida dá-se conta que a vida não se extinguiu. Que a vida continua, e que seus problemas simplesmente se multiplicaram.

A TERAPIA DO *amor*

Fiquei calado perante as palavras de Jorge, porque representavam para mim dura advertência, uma lição aprendida por meio da angústia e nas experiências mais dolorosas do sofrimento; sofrimento que me propiciou a oportunidade de encontrar um amigo a ministrar conhecimentos importantes sobre questões da vida, o que me permitiu passar da condição de um desesperado em sofrimento a um servidor em favor do próximo. Em vista disso, eu me considerava um afortunado.

Chegamos até o local onde nosso irmão Alaor se encontrava adormecido. Era fácil verificar que, naqueles últimos dias, melhora significativa ocorrera no aspecto do paciente. Antes de iniciarmos o tratamento energético, que costumeiramente ministrávamos, Jorge orientou-me a analisar o quadro geral, auscultando o paciente. No plano físico, os médicos utilizam o estetoscópio para a auscultação, mas no plano espiritual basta nos concentrarmos mentalmente no paciente para penetrarmos em seu campo vibratório. Quando em profunda concentração atingimos o campo mental do paciente, nossa visão se amplia consideravelmente. Podemos atentar interiormente ao funcionamento dos órgãos vitais, das vísceras, das energias que percorrem o corpo perispiritual, também o funcionamento do cérebro e das energias emocionais oriundas dos pensamentos do paciente.

Era o caso de Alaor.

À vista das circunstâncias da desencarnação do paciente, podia considerar, baseado em meus parcos conhecimentos, que de fato ocorrera alguma melhoria; embora débil no ponto de vista clínico, não deixava de ser animadora. Por que animadora? Porque naquelas circunstâncias de dependência psico-químico-espiritual que o paciente estava, qualquer sinal de melhoria significava um fato relevante, uma vez que se apresentava mais calmo, resultante das ações coordenadas das aplicações energéticas através dos passes. O quadro ainda era extremamente grave, pois seu corpo perispiritual, impregnado de substâncias tóxicas, demandaria algum tempo mais para se recuperar, segundo as informações de Jorge.

Procurei ampliar mais meu campo de visão de modo a apurar a região do córtex cerebral, podendo notar que as amígdalas temporais da região do límbico estavam opacas. Porém, na região do hipocampo, constatava-se nível reduzido e apresentando discreta atividade, embora muito débil. O hipotálamo estava entorpecido, mas a epífise parecia, aos poucos, recuperar pequeno brilho, de forma a reagir às energias, em sua tonalidade cinza, que a envolviam. Era possível notar a angústia proveniente da abstinência forçada, provocada pela ausência total do consumo de entorpecentes, em virtude do desenlace do paciente, considerando a presença de energia escura concentrada na região do hipocampo, ainda que, então, se apresentasse amainada diante da longa abstinência da substância química.

— Qual sua opinião a respeito do progresso do quadro clínico de Alaor? — perguntou-me Jorge.

— Na verdade — respondi —, em minha opinião, houve evolução, sim. Mesmo sendo discreta, a melhoria é animadora, tendo-se em conta a gravidade do caso. Devo considerar, no entanto, que se trata de melhoria ainda muito débil. Entretanto, há de se analisar que o fato de o paciente se apresentar bem mais calmo no aspecto geral por si só justifica o quadro de melhoria, e esse fato é incontestável — finalizei.

Jorge sorriu paciente.

— Na verdade, invariavelmente a demanda de tempo para reconstrução de algo destruído é muito maior que o tempo decorrido de sua destruição. Particularmente, quando nos referimos aos efeitos espirituais, isso ainda é muito mais complexo, porque devemos ponderar que o fator humano, emocional e espiritual considera infinitas variáveis que não podem ser medidas de forma racional, uma vez que dependem sempre do diferencial humano e da capacidade de reação de cada um. No caso de Alaor, nosso concurso irá proporcionar algum alívio ao paciente, porém apenas o tempo será capaz de resgatar melhoria mais significativa, a ser operada pelo despertar de sua própria consciência, em que o próprio interessado irá se recompor pela mudança de sentimentos, no recurso da oração de sua postura íntima na certeza de que, nesse aspecto, a cura se opera não apenas com mudanças de paradigmas (pensamentos e sentimentos — culpa, autopunição), mas pela adequada preparação de futuras existências, quando terá oportunidades de resgate de suas mazelas por meio do próprio corpo físico, expurgando a violência praticada contra si e contra a vida.

Após minhas considerações, Jorge asseverou:

— São os efeitos diretos e colaterais do suicídio, que implicam sofrimento que, em alguns casos, vai além do que sente aqui após se constatar a continuidade da vida. Em primeiro lugar, como efeitos diretos são o sofrimento e a angústia sem fim. Após longo período de sofrimento, vem o despertar para as responsabilidades, um aspecto que leva ao estado de consciência. E com o estado de consciência desperto vem o sentimento de culpa, porque o paciente descobre que o suicídio, além de não ter solucionado seu problema, ainda agravou seus problemas e sua nova condição, visto que é responsável pelos efeitos colaterais que provocou pela prematura desencarnação. Os filhos que ficaram no plano físico ao desamparo, os efeitos provocados por sua ausência nos demais compromissos assumidos, o sofrimento provocado naqueles que o amaram e o agravamento das situações, em caráter geral, que não foram resolvidas com sua fuga, muito pelo contrário, ainda se tornaram mais acentuadas. Tudo isso gera estado de angústia acirrado.

— O primeiro impulso do suicida é, em estado de desespero, esquecer aquele momento tresloucado, porque a lembrança de tudo é um tormento constante. Dependendo do caso, porque cada caso é um caso, das circunstâncias, atenuantes ou agravantes, um suicida pode reencarnar em condições de extrema dificuldade somente com o objetivo de encontrar a bênção do esquecimento que a reencarnação propicia ao espírito infrator. O espírito terá de se preparar, porque as marcas do suicídio permanecem de forma indelével no corpo perispiritual, e serão apagadas por meio de futuras existências em circunstâncias graves, em dolorosos resgates, cada qual de acordo com o grau de responsabilidade, levando sempre em conta a Lei do Amor e da Misericórdia Divina.

Enquanto Jorge explicava, eu pensava em minha responsabilidade e nas consequências de minha morte prematura. Mesmo que inconsciente, eu fora o único responsável. Como pudera ser tão inconsequente? — eu me perguntava. No entanto, voltei à realidade porque Jorge prosseguia com os esclarecimentos:

— O espírito não imagina quanto sofrimento e compromissos atrai para si ao praticar o suicídio, porque não é apenas ele o prejudicado, mas todos aqueles que de forma direta ou indireta dependiam de sua existência, além dos prejuízos que acarreta ao cômputo geral da vida que advém, provocados por sua ausência não programada. Como dissemos, o espírito deverá se preparar longamente, mas nesse ínterim, poderá, a critério da espiritualidade superior, passar por reencarnações intermediárias em que vai mergulhar na carne para retemperar suas energias e, sob a bênção do esquecimento temporário, recuperar-se e preparar-se para a reencarnação em que irá, finalmente, purgar as mazelas e os débitos contraídos contra si e contra a vida. Jamais poderemos esquecer que a máxima do Evangelho do Cristo se aplica a todos nós, quando afirma que: "A semeadura é livre, mas a colheita é obrigatória."

As palavras de Jorge traduziam seriedade em termos de valorização da vida e do respeito ao Criador, porque nossa vida é um presente do Pai Celestial, que nos proporcionou o dom de existir, concedendo-nos por amor o sopro da vida.

Alaor continuava em profundo estado de adormecimento, com a cabeça apoiada sob as mãos de Jorge, que carinhosamente amparava aquele irmão em sofrimento. Em seguida, Jorge retirou parte de suas vestes, improvisando um pequeno travesseiro, e, com cuidado e carinho desvelado, apoiou a cabeça de Alaor. Aquele gesto de Jorge comoveu-me, pois, meu amigo se desfazia de parte de sua própria vestimenta para auxiliar um irmão mais necessitado. Nada comentei a respeito, mas em meus pensamentos pontuei que atitudes como aquela realmente fazem a diferença entre um ser humano sensível e outro que ainda não alcançou o estágio da consciência espiritual.

Jorge sorriu como se estivesse acompanhando meus pensamentos. Em seguida, ele me disse:

— Sabe, Augusto, sempre há alguém que nos dá o exemplo, e feliz é aquele que observa e aprende. O meu professor foi meu próprio pai, que também foi médico, mas ele levava muito a sério o juramento de Hipócrates,[5] considerando a medicina um verdadeiro sacerdócio. Em uma ocasião, estávamos retornando do hospital para casa. Meu pai me acompanhava porque ele era médico veterano e eu, apenas um estagiário envaidecido pela soberba, e me considerando o "médico". Sinceramente, não levava muito a sério tudo que meu pai me dizia, visto que o julgava um "quadrado", de uma geração ultrapassada. Mas, naquele dia eu estava dirigindo velozmente, como sempre o fazia, quando uma vira-lata atravessou em nossa frente. Não tive tempo de frear, de forma que a batida foi inevitável. Atropelei o pobre animal, que

---

5 O Juramento de Hipócrates é um juramento solene efetuado pelos médicos, tradicionalmente por ocasião de sua formatura, no qual juram praticar a medicina honestamente.

esganiçava, chorando no meio da rua. Meu pai chamou minha atenção, pois eu simplesmente engatei a marcha na intenção de sair, quando ele abriu a porta e desceu. Eu não tinha coragem de olhar, mas não teve jeito, porque pelo retrovisor pude observar o pobre animal se arrastando pelas patas traseiras, ganindo de dor. Vi meu pai tirar seu jaleco branco, enrolar no pobre animal, pegá-lo no colo, voltar para o carro e me dizer, severo:

— Vamos imediatamente procurar um veterinário!

Eu estava perplexo! Não acreditava no que via! Meu pai acariciando a cabeça do pobre animal, que gemia baixinho. Chegamos ao veterinário, que examinou o cão e nos deu a notícia: "é uma fêmea e está prenha". Até então, eu não tivera a coragem de pegar no colo o pobre animal que havia atropelado, mas a pobrezinha parecia agradecida com o tratamento carinhoso recebido de meu pai e do médico veterinário, que fez alguns exames e nos informou:

— Quebrou a pata traseira esquerda, deslocou a coluna, mas vamos fazer o possível para que sobreviva e que possa ter seus filhotes.

Meu pai não teve dúvidas e disse:

— Meu amigo, serei imensamente grato por cuidar desse animal. Faça o que tiver que ser feito para que possa ter seus filhotes e sobreviva. Não importa o quanto isso irá custar. Eu e meu filho iremos pagar todas as despesas. Não é mesmo, Jorge? — disse ele me olhando com severidade.

— Não precisava dizer mais nada. Eu me sentia envergonhado. O bom é que o animal sobreviveu sem os movimentos traseiros, mas teve apenas dois filhotes, porque dois nasceram mortos, possivelmente em virtude da colisão. Demos o nome de Lili para a cachorra e improvisamos duas rodinhas que ela tracionava com as patas dianteiras e se locomovia pela casa toda fazendo a alegria de todos nós. Seus filhotinhos cresceram e eram muito paparicados.

Jorge parou por um momento, com os olhos marejados de lágrimas, e concluiu: Aquele gesto de papai ficou gravado para sempre em minha memória, jamais esqueci. Marcou minha vida e meu futuro na condição de médico.

Em seguida, prosseguiu:

— Meu pai era daquelas pessoas sérias, mas, às vezes, surpreendia com tiradas inteligentes e de bom

A TERAPIA DO *amor*

humor. Já naquela época citava um pensamento dos gregos antigos que faziam daquela afirmação uma filosofia de vida: "Mente sã, corpo são". Quando o questionei, ele me explicou: "Filho, quando uma mente é saudável e equilibrada, gera saúde física e mental. Por essa razão, a filosofia dos antigos gregos estava corretíssima. Quando o indivíduo tem uma mente saudável, goza de saúde e vive feliz! Não acha isso lógico e razoável?" — ele concluiu.

Aparentemente emocionado pelas lembranças antigas e caras, guardadas em sua memória, Jorge prosseguiu:

— Papai era uma pessoa dedicada à medicina e ao bem-estar do paciente, tivesse ele dinheiro para pagamento da consulta ou não. Quantas vezes observei mamãe brava, porque havia se atrasado para algum compromisso ou para o jantar. Ele simplesmente justificava com naturalidade impressionante: "Havia um paciente muito grave e eu não o poderia deixar sem antes verificar os exames e acompanhar o pessoal da enfermagem nos cuidados dos medicamentos que deveriam ser ministrados". Mamãe, então, sorria e dizia: "Você não tem jeito, mesmo, meu querido! Eu te conheço e sei como você é e por isso tenho orgulho de você". Abraçavam-se e beijavam-se. Papai e mamãe realmente se amavam de verdade e respeitavam-se muito.

— Ele era assim mesmo — concluiu Jorge. — Inúmeras vezes observei-o em sua atitude altruísta. Somente muito tarde me dei conta e pude valorizar as atitudes dele, porque até então eu era apenas um jovem médico que desejava "curtir a vida" sem muitas responsabilidades.

Meu amigo baixou a cabeça e silenciou por um tempo. Eu também me quedei pensativo em respeito às lembranças daquele irmão que eu aprendera a respeitar.

As palavras do pai de Jorge a respeito da mente sã que produz um corpo são nada mais eram que uma síntese de tudo que aprendera até aquele momento com Jorge: uma mente saudável gera pensamentos saudáveis, emoções saudáveis, energias saudáveis e, como resultado, boa saúde física e uma vida feliz! O inverso também é verdadeiro: mentes desequilibradas causam emoções desequilibradas, energias negativas e destrutivas e, como efeito, doenças e instabilidades emocionais, perturbações espirituais de toda ordem.

CAPÍTULO 14

A TERAPIA DO *amor*

Nos dias seguintes, percebi que meu campo de observação se ampliava. Presenciava sensação de leveza espiritual e lucidez. Os ensinamentos que recebia de Jorge eram de uma lógica tão simples e de fácil entendimento que constantemente me surpreendiam.

Sentia-me agradecido por tudo que estava acontecendo comigo. Na verdade, não mais considerava o Vale dos Suicidas um vale de desolação, mas um lugar de oportunidades extraordinárias. Pelo menos era o que sentia no fundo do meu coração.

Meu sentimento de admiração pelo companheiro aumentava a cada dia. No íntimo, me perguntava: Quem realmente seria Jorge? Seus conhecimentos eram admiráveis e sua didática de ensino era simplesmente contagiante. Jorge sabia transmitir seus conhecimentos com facilidade impressionante.

Minha admiração, amizade e respeito pelo amigo aumentavam mais e mais.

Por exemplo, podia constatar que a fisionomia dele se tornava mais suavizada à minha percepção. Observei que as mangas de sua vestimenta, dilaceradas para improvisar um travesseiro e amparar a cabeça de Alaor, de um dia para o outro se apresentavam à minha visão totalmente restauradas, como se alguém tivesse costurado novas mangas em sua vestimenta.

Notando minha percepção, Jorge esclareceu:

— No campo da espiritualidade e na prática do bem, Augusto, a célebre frase do Santo de Assis é de uma verdade cristalina, quando ele nos ensinou que "é dando que se recebe". Quando você doa desinteressadamente algo em favor de alguém, você não precisa se preocupar com absolutamente qualquer recompensa, porque ela já ocorreu no campo espiritual, sem que você tenha conhecimento ou consciência do fato em si. É o caso de nossas vestimentas. À medida que nossas mentes geram energias positivas no exercício do amor, sem que você se dê conta, o Se-

A TERAPIA DO *amor*

nhor da Vida já proveu tudo que você precisa, inclusive aquilo que você sequer manifestou em pensamento. Por isso, o espírito mais elevado se apresenta com vestimentas belas e luminescentes, enquanto as vestimentas do espírito embrutecido se apresentam rotas, escuras e sujas. Em nossa aparência espiritual as vestimentas também são reflexos de nossas emoções e de nossa energia mental. Em virtude disso, no plano espiritual não há máscaras que usualmente utilizamos quando encarnados, um recurso para disfarçar algo que escondemos em nossos pensamentos, mas não queremos demonstrar. No plano espiritual, somos o que somos e refletimos no corpo perispiritual os resultados de nossas atitudes e ações, pensamentos e emoções.

Sim, havia entendido aquela lógica. Eu mesmo podia apurar que minhas vestimentas se apresentavam mais alvas, embora não as tivesse levado para qualquer tinturaria ou lavanderia. Eu próprio ainda não havia me dado conta de que, aos poucos, estava me transformando em alguém bem melhor.

Eu me sentia mais sensível, mais verdadeiro, sendo capaz de fazer minha própria autocrítica, de perceber que algo bom brotava dentro de mim, à medida que procurava servir, auxiliando aqueles irmãos infortunados do Vale dos Suicidas.

Nossas visitas aos pacientes eram periódicas, e as melhoras eram, por vezes, lentas, mas não me importava com isso, sabendo que, apesar de nosso esforço (que era importante), era preciso ter consciência de que tudo dependia do tempo, pois o tempo é o senhor da razão e o melhor remédio para todos os males, como dizia o velho ditado.

Podia avaliar bem mais ao perceber que servir de ponte espiritual, aplicando energias revigorantes nos pacientes depauperados, era algo maravilhoso, mas não era tudo. Ter paciência, confiança e saber que eu era apenas uma antena imperfeita a captar energias dos planos mais elevados (como dizia Jorge) e direcionar aos pacientes em passes de concentração, passes de dispersão de energias, ou simplesmente por meio de oração, colocando a destra sobre a cabeça de cada um dos pacientes. Enfim, era o que estava ao nosso alcance fazer e redundava mais benefícios a nós que aos pacientes atendidos.

Sentia-me como se fosse outra pessoa, renovada em meus conceitos e disposições íntimas. Mas, o que mais me agradava em todo esse processo é que minha transformação ocorria de forma gradativa, natural, sem "forçar a barra", nem agredir minhas convicções equivocadas do passado, mas racionalmente tal qual em um processo de aritmética em que você compreende que 2 + 2 são 4. Resultado exato e inquestionável, como na matemática.

Interessante que até quando Jorge me falava do Evangelho de Jesus (que em outras épocas eu simplesmente refutava com veemência, dado meu estado de ignorância), agora soava aos meus ouvidos como algo natural, principalmente ao dizer que Jesus havia sido o grande médico do corpo e do espírito.

Um dia resolvi explorar esse lado do Evangelho que Jorge, às vezes, pontuava em seus ensinamentos.

— Jorge, por que você costuma dizer que Jesus foi o maior médico que a humanidade conheceu? — questionei.

O que sentia é que Jorge era um amigo extremamente benevolente comigo. Paciente, tolerante, sem jamais se exaltar diante de perguntas tolas ou infundadas. Mais uma vez, o amigo sorriu com paciência diante de minha pergunta.

— Na verdade, Augusto, nós deveríamos conhecer melhor o Mestre Jesus, que foi antes de tudo o amigo incondicional de toda humanidade. Foi ele que, por determinação amorosa do Criador, deu forma ao nosso planeta, supriu todas as necessidades na formatação dos seres vivos e do ser humano. Ele nos amou de forma incondicional, algo que nós, seres humanos comuns, não temos sequer uma pálida ideia do que seja esse amor, visto que não temos paralelos de comparação para entender a grandeza de tudo isso. Quando chegou o momento oportuno de nos trazer a grande mensagem do amor, fez questão de vir pessoalmente, não medindo esforços, nem sacrifícios, incompreensíveis para nós, para se apresentar em um corpo frágil de carne, cujo objetivo não era simplesmente nos trazer novo código de vida, mas vivenciar cada um dos seus ensinamentos. Jesus foi o grande exemplo, o Divino Modelo que devemos seguir, não somente porque nos ensinou, mas por ter exemplificado cada palavra, cada ponto, cada vírgula de seus ensinamentos. Deixou-nos o maior legado que a humanidade recebeu até hoje: seu evangelho de amor.

— Como poderemos entender essa afirmação de que Jesus foi o maior médico que o mundo já conheceu em todos os tempos?

A TERAPIA DO *amor*

Jorge sorriu mais uma vez antes de responder.

— Essa é uma afirmação verídica e insofismável, meu amigo. Vou explicar: como já vimos, somos seres emocionais por excelência. O ser humano é movido pela emoção, e nossos pensamentos são energias poderosas oriundas de nossas descargas energéticas emotivas. Como também vimos e não quero me alongar aqui, essas energias refletem em nossa casa mental, em nosso corpo perispiritual e, por conseguinte, também em nosso corpo denso, trazendo como consequência alegria ou tristeza, felicidade ou infelicidade, saúde ou doença, de acordo com as emoções e pensamentos por nós cultuados, criando-se uma aura energética compatível (positiva, de alegria, de saúde ou negativa, de tristeza e doença).

Fez breve pausa e prosseguiu:

— Ora, aprendemos que mágoas, melindres, ressentimentos, rancores e ódio são sentimentos altamente destrutivos a gerar ondas magnéticas poderosas de pesada densidade vibratória, que se convertem em energias deletérias com as quais o indivíduo que odeia constantemente se envenena e, por conseguinte, acaba se desequilibrando espiritualmente, emocionalmente, abrindo espaços perigosos para obsessões terríveis, afetando o sistema nervoso, o gástrico, o intestinal, além dos frequentes episódios de insônia e pesadelos. Nessas condições, o paciente não consegue ter um momento de paz, porque as energias negativas permanecem registradas em seu campo mental, comprometendo o processo da mitose (em que as células se multiplicam a cada dia, nutrindo-se das energias mentais do indivíduo). Dessa forma, as células mais sensíveis aglutinam um volume maior de energias tóxicas, criando ambiente enfermiço, visto que as células perdem a harmonia natural, causando, então, tumores malignos, que culminam em metástases a se espalharem pelo organismo.

— Quando Jesus nos aconselha a esquecer as ofensas, a perdoar não apenas sete vezes, mas setenta vezes sete, ser paciente, tolerante, benevolente, amoroso e caridoso, podemos entender que o Divino Amigo nos oferece um receituário médico; ao aplicarmos corretamente essa ação medicamentosa, gozaremos de saúde física, mental e espiritual. Não é interessante, Augusto?

Fez breve intervalo e complementou:

— Entendeu?

A TERAPIA DO *amor*

Sim, eu havia entendido muito bem. Todos os ensinamentos ministrados anteriormente por Jorge traziam agora o arremate do Evangelho do Cristo, ponto de partida para minha nova visão, nova compreensão do significado dos ensinamentos de Jesus. Tudo o que ouvia soava agora diferente, maravilhoso, de fácil entendimento. Parecia estar descobrindo novo mundo, novo significado para a vida e a razão da minha existência. Sinceramente, eu estava profundamente admirado, porque descortinava "um admirável mundo novo".

Confesso que aquele assunto me empolgava, de forma que resolvi explorar ainda mais a boa vontade do meu amigo:

— Poderia ainda citar outros exemplos do Evangelho que, por essa ótica de entendimento, os ensinamentos de Jesus se convertem em profilaxia medicamentosa em favor do ser humano adoentado?

— Sem dúvida, Augusto. O Evangelho está permeado de ensinamentos que na verdade representam o remédio para a alma e para o corpo físico. Podemos citar de exemplo as passagens em que Jesus nos recomenda o amor ao próximo. "Amar ao próximo como eu vos amei", disse ele. Ora, o amor é o melhor remédio tanto para a alma, quanto para o corpo físico. Ou ainda, quando nos recomenda o auxílio ao próximo: "Vinde a mim, meus amados, porque estive faminto e me destes de comer, estive desnudo e me vestistes, estive com frio e me agasalhastes, estive sem teto e me acolhestes, estive enfermo e me visitastes, estive prisioneiro e fostes me ver". Sim, não aprendemos que tudo o que fizermos aos outros, somos nós os maiores beneficiários! Podemos ainda recordar o sentimento de benevolência para com as faltas alheias, não julgar, não criticar, porque enxergamos o argueiro no olho de nosso irmão e não vemos a trave em nossos olhos! Vale dizer que, quando cultivarmos verdadeiramente a paciência, a tolerância, estaremos amenizando nossas energias emocionais, transmutando-as em alimento para as células de nosso corpo físico, que vão garantir uma aura de bem-estar e saúde física.

Ouvia atentamente, recordando os ensinamentos anteriores de Jorge a respeito da prática do bem e seus benefícios.

Meu amigo prosseguiu:

— Um dos ensinamentos recorrentes de Jesus, no decorrer de sua peregrinação terrena, diz respeito às curas materiais que operava, após o que salientava: "A tua fé te curou". Vamos nos aprofundar um pouco mais acerca dessas palavras, pois revelam a mais absoluta verdade em termos de terapia espiritual. Quer dizer que a pessoa, ao se encontrar em estado de fé, significa estar com a mente aberta, elevada em bons pensamentos e oração, sintonizada nas ondas vibratórias mais elevadas do positivismo, estado que lhe permite captar as energias do Divino Amor de Jesus que, ao encontrar ambiente acolhedor, propiciam a restauração das energias celulares dos órgãos afetados pela doença no campo perispiritual e, como efeito, a restauração do órgão material doentio. Era isso que ocorria, Augusto. O influxo de energia do amor do Cristo era de tal intensidade que operava a reparação imediata dos órgãos e tecidos lesados.

— A energia do Cristo era poderosíssima e, encontrando o campo propício no paciente portador da fé, pela sintonia favorável, a cura era imediata. Por essa razão, o Mestre sempre dizia, a cada cura operada, para que nós outros pudéssemos entender: "A tua fé te curou". Porque ainda hoje, enfermos do corpo e da alma, pedimos ao Mestre o milagre da cura, mas conservamos nossos corações repletos de rancor. Rogamos a Deus o benefício do restabelecimento de nosso corpo adoentado, afetado pela doença incurável, porém não nos dispomos a auxiliar o próximo. Almejamos a saúde perdida com a visita da doença implacável, contudo, não conseguimos perdoar nossos ofensores.

— A verdade é que grande parte de nós ainda deseja alcançar a bênção de uma graça com facilidade pela lei do menor esforço sem se despir de suas mazelas, de sentimentos mesquinhos, pensamentos de rancor e mágoas, emoções de ódio que envenenam pouco a pouco. É preciso entender que Jesus, o sublime médico, mostrou o caminho da cura verdadeira ao nos recomendar amar nossos semelhantes, a perdoar nossos inimigos, a estender as mãos para levantar os caídos, a esquecer de nós mesmos em favor do próximo. Quando o ser humano compreender as máximas do Evangelho de Jesus, encontrará generoso e abundante farnel de terapias curadoras que elevam o espírito e restauram o corpo material, porque já aprendemos que tudo inicia no espírito, reflete no perispírito e, como efeito final, deságua no corpo material.

As palavras de Jorge traziam profunda sabedoria. Absolutamente, nunca havia me preocupado em dar uma "passada de olhos", por mais rápida e displicente que fosse, no Evangelho. Porque em minha ignorância, pelo simples fato de ser médico, eu me considerava um ser superior. Em verdade, até olhava com desprezo aqueles que falavam de Evangelho e de Cristo.

Quanta ignorância!

Agora, vivia outra fase de entendimento e até me sentia agradecido por tudo que acontecera comigo, o que me permitiu encontrar um mestre do quilate de Jorge. Em todo esse processo, percebia que era na verdade um privilegiado!

Jorge prosseguiu:

— Jesus ainda nos recomenda, em seus ensinamentos, a ter paciência, tolerância. "Se alguém lhe pede que caminhe uma légua com ele, caminhe dez. E se alguém lhe pede a capa, dê-lhe também a túnica". Em outra passagem do Evangelho o Mestre faz o mais belo dos poemas, ao nos recomendar: "Olhai as aves do céu, olhai os lírios dos campos. As aves do céu não plantam e não ceifam, no entanto, o Senhor da vida não permite que lhes falte o sustento de cada dia. Olhai os lírios dos campos, que não tecem e que não fiam, no entanto, nem Salomão em todo o esplendor de sua glória teve vestes tão belas". Isso quer dizer — serene seu coração, confie em Deus, não entre na vibração negativa da impaciência, da angústia, porque além de não resolver seus problemas, ainda traz desequilíbrio mental, espiritual e físico.

Jorge calou-se por instantes enquanto eu refletia acerca da beleza e da veracidade daqueles ensinamentos. Jamais havia prestado atenção na beleza e na poesia que continham aqueles ensinamentos do Cristo.

— Pois bem — prosseguiu meu amigo —, ainda há pouco você me perguntou como minhas vestes haviam sido recompostas, lembra-se?

— Sim — lógico que eu me lembrava.

— Quando Jesus nos ensina que se alguém nos pede a capa, também possamos oferecer a túnica, está nos recomendando o desprendimento das coisas materiais, por meio do gesto de bondade. Quando nos diz que as aves do céu não plantam e não ceifam, nos recomenda a confiança no Pai Eterno pela nossa mudança de postura mental, confiando em Deus, mas também fazendo nossa parte. Quando nos mostra de exemplo os lírios dos campos que não tecem e não fiam, mas têm as vestes mais belas que Salomão, está nos dizendo: seus atos de bondade, desprendimento, fé e confiança irão refletir em seu próprio benefício, porque você que é capaz de caminhar dez léguas com seu desafeto, é capaz de oferecer a túnica a quem requisita apenas sua capa, é aquele que já confia na lei do amor e da Misericórdia Divina. Por que essas atitudes, pensamentos e emoções positivas refletem a seu favor? Porque no plano espiritual das energias imponderáveis, a você está sendo reservada a mais bela túnica, a mais bela vestimenta, que você mesmo plasmou através das energias de amor que vitalizou em seus pensamentos, palavras e obras. Por isso que se costuma dizer: "o Universo conspira a nosso favor!" Essa é uma verdade absoluta! Faça sua parte e confie que o restante você irá receber como consequência de seus sentimentos, emoções e atitudes.

Realmente, eu estava em estado de graça. Compreendia que tudo o que fazemos ou pensamos, que nossas atitudes e emoções refletem a nosso favor, quando aprendemos e praticamos o Evangelho do Cristo. Ou contra nós, quando agimos na contramão de seus postulados. Sem ser piegas, mas usando da mais absoluta razão e sentimento crítico. Começava a entender que, na vida, tudo é ação e reação, e que toda causa produz um efeito. E que nós somos responsáveis por tudo na vida, que tudo podemos construir ou destruir pelos nossos pensamentos, emoções e atitudes. Que Deus nos presenteia a cada dia com os recursos necessários a fim de termos saúde e sermos felizes. Depende apenas de nós.

Depois de breve hiato, Jorge prosseguiu:

— Em uma das páginas mais belas do Evangelho, Jesus ainda nos recomenda que vivamos em paz e harmonia, em nosso próprio benefício, quando nos ensina: "Viva cada dia com alegria no coração, porque o amanhã a Deus pertence". A cada dia basta seu mal. Isso é muito profundo em termos filosóficos e terapêuticos. Se não, vejamos: muitas pessoas são infelizes porque não conseguem se desprender do passado, da dor, do sofrimento, dos sentimentos de rancor, mágoas ou ódio. Ou ainda pela perda de algum ente querido, pelo rompimento de algum relacionamento amoroso, ou ainda pela ocorrência de algum acontecimento fatídico. Outros não conseguem ser felizes, pois antecipam as angústias do amanhã, que talvez nem aconteçam, entregando-se a sentimentos de in-

A TERAPIA DO amor

quietude, ansiedade, medo, insegurança por algo que em suas mentes começa a tomar vulto e acaba por se materializar pelo pensamento que se cristaliza naquelas energias. Nessas condições, o espírito se fecha em energias extremamente negativas, abrindo frestas por onde entram perturbações espirituais, desequilíbrios emocionais e doenças a se manifestarem no corpo físico pelas mais variadas neuroses que se convertem em depressão profunda. Por essa razão, o Divino Médico postula vivermos intensamente um dia de cada vez, quer dizer, viver o momento presente com alegria no coração, porque o passado já foi e não há como modificá-lo, e o amanhã ainda não chegou. Dessa forma, a recomendação: "viva cada dia com alegria no coração, porque o amanhã a Deus pertence e a cada dia basta seu mal", quer dizer: "procure esquecer o passado, vire a página de sua vida, não antecipe as preocupações do amanhã confiando em Deus, porque o amanhã a Deus pertence". E não vamos nos esquecer que o Criador é nosso provedor, porém compete a nós contribuir com nossa parte nesse amanhã melhor, a nosso favor, modificando nossas disposições íntimas com atitudes positivas hoje, porque a cada dia basta seu mal. Podemos entender ainda que, quando você vive com alegria no coração está na sintonia do amor, da alegria e, por conseguinte, na sintonia divina. Assim sendo, estará bem mentalmente, contribuindo para uma vida saudável tanto no aspecto espiritual quanto físico.

— Podemos dizer ainda que Deus é por nós, e se Deus é por nós, quem poderá ser contrário? — finalizou.

Sentia-me satisfeito com as explicações, mas desejava saber mais, de forma que pedi a Jorge para se estender na explicação, pelo meu desejo sincero de aprender e descortinar horizonte amplo de entendimento. Eu, que em minha vida material havia menosprezado o Evangelho, agora me sentia sequioso de conhecimento, para beber daquela fonte de água cristalina.

Como se estivesse lendo meus pensamentos Jorge disse:

— Fique à vontade, Augusto. Na verdade, sinto-me feliz ao ver seu interesse pelo Evangelho do Cristo.

Sorri feliz, não me fiz de rogado e disparei nova pergunta:

A TERAPIA DO *amor*

— Por que Jesus sempre nos recomendou a vigilância e a oração? Como poderíamos entender a vigilância e a oração como recursos terapêuticos?

Jorge não conseguiu deixar de sorrir diante de minha pergunta.

— Sem dúvida, Augusto. Vamos retomar algumas lições anteriores para mais elucidação em relação à oração. No dia a dia vivemos intensamente as emoções de cada momento — tanto positivas, quanto negativas. Analisemos as emoções negativas. No trânsito, quando somos fechados por um motorista imprudente, a nossa explosão de ira é violenta e o desejo incontrolável de revide também. Essa postura nos acarreta desequilíbrio físico e espiritual imediato, e, às vezes, consequências irreversíveis. Trata-se de uma descarga energética extremamente negativa que nos envenena. No trabalho, se alguma circunstância nos contraria, também reagimos, invariavelmente, de forma agressiva e descontrolada. No caminho de volta ao lar somos novamente surpreendidos pelo trânsito que testa a nossa paciência, porque ainda somos o famoso "pavio curto", aquele que não leva desaforo para casa. A cada processo de irritação, a cada explosão emocional negativa, nossa organização física é bombardeada com energias mórbidas. Ademais, em estado de nervosismo, segregamos no sistema digestivo sucos e ácidos gástricos que com o passar do tempo se convertem em gastrites nervosas que, se não cuidadas, inclusive pelo nosso autocontrole (vigilância), acabam por se converter em úlceras e ainda em tumores malignos.

— Dessa forma, Augusto, se o indivíduo não tem o hábito de se autovigiar, controlar e usar a oração sincera como recurso pedagógico e terapêutico, todo alimento que ingerir não vai assentar adequadamente em seu estômago. Seguramente, vai se sentir tomado de mal-estar, com estômago pesado, azia, má digestão e indisposição. Ainda como agravante, muitas vezes exageramos nos pratos (gula), ingerindo comidas pesadas e bebidas alcoólicas que acompanham a refeição e que contribuem no processo de comprometimento da saúde do paciente.

Depois de breve hiato, prosseguiu:

— Entretanto, ao cultivar o hábito da oração antes da refeição, a prece surte efeito terapêutico salutar porque, em prece sincera, mesmo que seja por apenas um breve instante, o espírito entra em estado de harmonia mental, espiritual e energética. Quando o indivíduo se harmoniza, as energias se equilibram e, dessa forma, a oração propicia ao indivíduo fazer sua refeição com parcimônia, na certeza de que o alimento irá produzir as energias necessárias ao bem-estar da organização física. Entendeu? — perguntou.

Aquiesci afirmativamente com um movimento de cabeça. No entanto, queria aproveitar o máximo para entender melhor aquela questão:

— Por que a vigilância antes da oração, na máxima do Cristo, quando nos recomenda o "vigiai e orai"? Não seria mais adequado orai e vigiai? — questionei.

Após ter falado, percebi se tratar de uma pergunta tola, porém Jorge, com sua tradicional paciência, sorriu e me respondeu:

— De um modo geral, Augusto, pela nossa própria condição evolutiva, ainda no plano das provas e expiações, vivemos mais intensamente no campo das emoções descontroladas. Podemos entender que muitos de nós ainda somos desequilibrados emocionalmente. A verdade é que, para galgar um degrau a mais na escala evolutiva, demanda algum tempo, uma vez que a evolução espiritual não dá saltos. Por essa razão Jesus, sabedor de nossa condição espiritual ainda inferior, insistentemente, recomenda a vigilância. Vigilância de nós mesmos, quanto ao autocontrole, à autodisciplina e à atenção para apurarmos os momentos de desequilíbrio. Esse é um estágio mais avançado, que se aproxima do estado de consciência que o espírito tem de si ao se dar conta, pela vigilância, que não está bem e, então, se utiliza do recurso da oração.

— Por esse motivo, a sabedoria do Cristo recomenda que, para vivermos em paz e harmonia com o Universo, com a natureza, com nossos semelhantes e principalmente conosco, o hábito da vigilância é imprescindível. Repetindo, porque nunca é demais enfatizar: a vigilância nos alerta para o perigo do desequilíbrio. Seria como um sinal vermelho apontando que não estamos bem, para que, em seguida, venhamos a utilizar o recurso da oração como terapia para o retorno ao estágio de equilíbrio emocional e espiritual que a oração verdadeira e sincera nos propicia.

Estava satisfeito com a explanação do amigo. Não foi preciso perguntar mais, contudo, Jorge prosseguiu:

A TERAPIA DO amor

— Jesus nos presenteou com o Evangelho como um verdadeiro código de conduta para o ser humano viver em harmonia e paz! Em tudo que apregoou, seus ensinamentos eram voltados para o bem-estar físico e espiritual do homem: "Não julgueis para não serdes julgados, porque com a mesma medida com que medirdes, sereis medidos." Ainda pecamos muito, porque gostamos de julgar as pessoas, apontar o dedo para os defeitos e faltas alheias; nos comprazemos com a maledicência, com sentimentos de inveja que nos trazem como consequência desequilíbrios de toda ordem, afetando nossa saúde.

— O Divino Mestre observava que infelizmente muitos dos que o procuravam, vinham em busca da cura imediata, como ainda acontece hoje. De um modo geral, as pessoas buscam a lei do menor esforço para alcançar graças e curas milagrosas. Poucos procuram entender a Lei de Causa e Efeito e a Lei da Misericórdia Divina, para que, por meio da melhoria íntima, possam alcançar de forma perene a cura para seus males espirituais, emocionais e físicos. Portanto, o Mestre nos recomenda exercitarmos a tolerância, a paciência, a benevolência, a compreensão, a caridade e não julgarmos nosso semelhante, porque quando reparamos o mal que está no próximo é porque refletimos o mal que está em nós. Jesus nos reafirma essa verdade nas bem-aventuranças ao asseverar: "Bem-aventurados os puros de coração, porque eles verão a Deus". Nada mais lógico, e a psicologia confirma que o mal que destacamos no nosso semelhante é o mal que reside em nós. Por essa razão, a pessoa que não tem maldade no coração identifica em seu semelhante a presença de Deus!

— Enfim, Augusto, podemos afirmar, sem receio algum, que o Evangelho do Cristo nada mais é que uma verdadeira terapia para a humanidade. Terapia no sentido de viver bem, com respeito ao próximo e a si mesmo, de entender que a vida é uma experiência extraordinária e que, a despeito das dificuldades, viver com alegria no coração é o máximo. Se o ser humano compreendesse mais as máximas de Jesus, descobriria verdadeira fonte de água cristalina a saciar a sede de conhecimento, a trazer equilíbrio ao espírito, acalmar a alma, serenar o coração, refazer o bom ânimo, devolver a confiança, a força e a coragem para prosseguir na caminhada, pois toda vez que o homem se levanta após uma queda, ele se torna mais fortalecido e sábio.

A TERAPIA DO *amor*

Fez breve pausa e continuou:

— Quando perguntaram a Jesus acerca do maior mandamento da Lei de Deus, o Divino Amigo respondeu: "Amar a Deus de todo o seu coração, de todo o seu entendimento. E um segundo mandamento eu vos dou, tão importante quanto o primeiro: amar ao próximo como a si mesmo". E finalizou o Mestre: "Nisso consiste toda a lei e os profetas."

Jorge respirou profundamente antes de dar sequência à explanação:

— Em verdade, o Divino Mestre resumiu todo o Evangelho na Lei do Amor! Para amar a Deus é preciso antes de tudo estar bem consigo mesmo e, então, amar o próximo. A boca fala daquilo que está cheio o coração, nos alertou Jesus, porque para amar o próximo é necessário que a criatura esteja em paz, serena, sem mágoa no coração, caso contrário será incapaz de amar, pois mantém a amargura e o ódio a ruminar em sua alma. Para amar a Deus, devo amar a mim mesmo, não no sentido egoísta, e em seguida amar o meu próximo, que é a manifestação de Deus em cada irmão que encontramos pelo caminho.

ANTONIO DEMARCHI pelo Espírito AUGUSTO CÉSAR

Olhei para Jorge e notei que o amigo exibia brilho diferente nos olhos! Seu sorriso era largo, de modo que concluiu:

— O amor de Deus é a síntese de tudo que existe no Universo. O amor de Deus é a mais poderosa energia que rege o Universo. No amor de Deus tudo se equilibra e tudo se restaura. No amor de Deus nós existimos e respiramos. É no amor de Deus que o bem prospera, que a paz e a harmonia se estabelecem. O amor de Deus é a fonte da alegria, da felicidade e da saúde física, moral e espiritual! Porque Deus é a personificação do amor em sua essência mais pura e sublime.

E finalizou:

— E o Evangelho do Cristo é a síntese do amor de Deus pela humanidade! Essa é a verdadeira terapia! A terapia do amor de Deus!

CAPÍTULO 15

Emiliana

Nos dias subsequentes, prosseguimos com as visitas rotineiras aos nossos pacientes. Era com satisfação que sentia em meu coração a gratidão por poder ser útil de alguma forma, porque me dava conta de que aquele trabalho havia se transformado, em minha nova ótica de entendimento, em rara oportunidade de vida!

Observar os progressos no quadro clínico geral de nossos assistidos me fazia feliz.

Não era difícil averiguar a evolução de melhoria nas condições clínicas de Alaor. A respiração se apresentava mais ritmada e calma, e era compensador auscultar seus pulmões e verificar que não estava mais sibilante. Eufrásio estava mais aquietado, gemendo baixinho em virtude da tortura das lembranças que ainda povoavam sua mente, mas estava bem melhor. Sua cabeça, aos poucos, se restabelecia, e a cicatriz do impacto do tiro estava bem mais amenizada. Joana, a jovem infeliz que havia se suicidado pela ingestão de veneno, agora passava bom tempo adormecida e seu quadro estava bem mais suavizado. Porém, o paciente que, em minha opinião, apresentava evolução mais positiva era Eleutério, nosso colega médico.

Decidimos incorporar às nossas visitas alguns novos pacientes, que passamos a acompanhar e a dar atendimento, especialmente uma jovem chamada Emiliana, cuja história de vida nos chamou atenção e nos comoveu profundamente. Era uma história muito triste. Órfã de mãe desde os doze anos de idade, Emiliana cuidava da casa, do pai e de dois irmãos mais novos. Em termos de responsabilidade, a jovem amadurecera rapidamente, administrando tudo com muito zelo, cuidando das roupas, além de aprender a cozinhar com esmero. Era o xodó de seu pai e a irmã querida de seus irmãozinhos, que viam nela a figura da própria mãe. Havia abandonado os estudos a fim

A TERAPIA DO *amor*

de que seus irmãos pudessem frequentar a escola, mas jamais se arrependido de seu gesto. Sentia-se recompensada pelo carinho do pai e dos irmãos, levando uma vida feliz, apesar das saudades de sua mãezinha. Já estava com dezessete anos quando conheceu um rapaz do bairro onde morava. Costumeiramente, o encontrava com certa frequência quando ia ao mercado, à feira ou ao açougue. O rapaz não era bonito, mas tinha um corpo atlético e jeito de "malandro". O jovem malandro percebeu que aquela poderia ser uma presa fácil aos seus intentos e passou a cortejar Emiliana com galanteios baratos. Galanteios baratos, mas que surtiram efeito, visto que a moça começou a alimentar sentimento diferente daqueles que conhecia até então.

Ao ver Juvenal à distância, seu coração batia descompassado e sua respiração se tornava ofegante. Quando o rapaz a olhava diretamente nos olhos, ela sentia o rosto ruborizado. Era a paixão que entrava em seu coração sem pedir licença. Na realidade, o rapaz era um desocupado, e a beleza de Emiliana não passou despercebida ao espertalhão, que começou a cobiçá-la como um troféu para suas conquistas. Apenas mais um capricho de um rapaz insensato e irresponsável. Percebendo que a moça era ainda muito inocente, apesar da idade, e sabendo que ficava boa parte da tarde sozinha em casa, porque o pai estava no trabalho e os irmãos, na escola, encontrou nessa conjuntura oportunidade para satisfazer seus desejos de conquistador inescrupuloso.

Sabia se esmerar em seus galanteios baratos, e, a pretexto de a ajudar com as compras, passou a acompanhá-la até o portão de sua casa. Começou segurando suas mãos, o que, a princípio, a moça envergonhada retirava apressadamente. Mas, aos poucos, conquistando sua confiança, beijou-a pela primeira vez, quando retornavam do açougue.

O primeiro beijo, para Emiliana, foi a conquista do paraíso. A moça sentiu o peito "pegar fogo", sentia-se transportar para um mundo colorido de felicidade, onde seu coração explodia de alegria.

Naquela noite nem dormiu direito. Seus pensamentos estavam voltados exclusivamente para o rapaz. Tornou-se displicente, cantarolando e sonhando acordada. Seu pai retornava do trabalho sempre tarde e cansado, não conseguindo observar que mudanças importantes ocorriam com sua filha. Emiliana havia se tornado uma moça linda e seu corpo era esbelto. Com a paixão, seus olhos se tornaram brilhantes, se destacando na moldura de seu rosto. A verdade é que Emiliana vivia naqueles dias, depois que conhecera Juvenal, fase muito especial de sua vida, sentindo-se muito feliz, sempre sorrindo, abraçando o pai e os irmãos com carinho. Desejava transmitir aos seus entes queridos a felicidade que ia em seu coração.

Não obstante, com medo de uma reação negativa do pai e para não comprometer aquele relacionamento, não comentou nada em casa.

Mal sabia a pobre moça que estava caindo em uma terrível cilada. Juvenal era experiente e sabia ser paciente para alcançar seus objetivos. Tinha ciência de que, se fosse com muita sede ao pote, poderia espantar a presa. Dessa forma, foi avançando o sinal devagar até sentir que Emiliana estava completamente entregue, apaixonada e que sua resistência, lentamente, minava.

Um dia insistiu para entrar com ela na casa. A moça resistiu, porque jamais havia levado alguém para sua casa, principalmente na ausência do pai e dos irmãos. Mas, Juvenal era convincente. Comentou que ouvira acerca dos dotes culinários de Emiliana e que ela teria que fazer um café a ele para se certificar de que os comentários eram mesmo verídicos. Ademais, era dito popular que quando a moça já sabe fazer um café que seja gostoso, e o namorado aprova, significa que está pronta para o casamento — arrematou o conquistador.

Aquela conversa soou feito música aos ouvidos da jovem que, sorridente, permitiu a entrada do rapaz. Preparou o cafezinho com cuidado e esmero e o serviu. Juvenal experimentou o café e malandramente comentou:

— Nunca em minha vida tomei um café tão saboroso! Nem minha mãe, que é excelente cozinheira, faz um café tão saboroso quanto o seu.

Pronto, aquele foi o golpe de misericórdia!

Emiliana desmoronou, juntamente com sua resistência. Percebendo que aquele era o momento oportuno, Juvenal a abraçou forte de encontro ao seu peito, beijando-a longamente. Envolvida em forte emoção, a moça sentiu que lhe faltara chão aos pés, tudo ficou colorido em sua volta e seu coração pulsava descompassado, transmitindo a ela sentimento jamais experimentado. A moça não esboçou a menor resistência, tornando-se presa fácil.

Juvenal pediu que ela não comentasse com o pai, pois aquele namoro deveria ficar em segredo, e a moça concordou. Não desejava que algo ocorresse, de modo a colocar um termo àquele relacionamento.

Dessa forma, os encontros se sucederam por algumas semanas. O rapaz comparecia regularmente à casa da moça; as tardes eram de folguedos e felicidade para Emiliana, que se sentia a mais ditosa das mulheres. Tinha um amor em sua vida e se sentia feliz! Sua cabeça vivia nas nuvens, e seu pai até estranhou, mas, cansado como sempre da labuta, não deu muita importância.

Os finais de semana eram uma tortura para Emiliana, porque não podia se encontrar com o amado, que pedira que tudo ficasse em segredo até que ele pudesse conversar com seu pai. A moça estava iludida, crendo ingenuamente em cada palavra do espertalhão.

O relacionamento corria às mil maravilhas até que Juvenal, enfastiado e se sentindo cansado de seu capricho amoroso, sem mais nem menos, deixou de comparecer aos encontros. Da primeira vez, Emiliana foi ao desespero.

Aquela tarde foi interminável! Não saía do portão à espera da figura do amado vindo a distância, mas nada! Naquela noite quase não dormiu e somente conseguiu conciliar o sono altas horas da madrugada. No dia seguinte, perdeu a hora para preparar o cafezinho do pai. Isso nunca havia acontecido.

O Sr. Alfredo não a chamou por pena. Sua filha adorada deveria estar muito cansada, de forma que ele mesmo preparou o café e deixou a mesa posta, saindo para o trabalho.

Ao se levantar, a moça sentia-se angustiada, triste, amargurada. Cuidou dos irmãos, levou-os para a escola e retornou para casa na esperança de avistar a figura de seu amado. Saiu várias vezes à padaria, ao açougue e ao mercadinho onde rotineiramente Juvenal estava sempre de "papo" com alguns amigos.

Perguntou por ele, mas os rapazes fizeram galhofa:

— Mais uma que Juvenal leva no bico! — E caíram na risada.

O Sr. Nicanor, dono do açougue, observou a cena de dentro de seu estabelecimento e chamou a moça:

A TERAPIA DO *amor*

— Minha filha — disse ele —, conheço você desde pequena, conheci sua mãe e conheço seu pai, homem honesto e trabalhador. Tome cuidado com esse rapaz, o Juvenal. Isso não é flor que se cheire. Esse rapaz é um malandro de primeira, um vagabundo e já percebi que está com galanteios para com você. Cuidado! Esse rapaz não vale nada! — arrematou.

A moça voltou para casa desolada! Ao adentrar a sala, desabou no sofá em prantos! Não era possível que Juvenal a tinha enganado! Não! No fundo de seu coração, mantinha esperança de que ele era uma ótima pessoa, um bom rapaz! O Senhor Nicanor poderia estar enganado a seu respeito.

As pessoas que amam nutrem sentimentos equivocados para manter viva a chama da esperança. Imaginam coisas que não existem, pensam aquilo que desejariam ser verdade e se iludem na vã esperança de que o amor perdido retorne.

Assim estava Emiliana! Começou a imaginar que talvez o rapaz estivesse vivendo algum problema mais sério, de repente estivesse adoentado, algum outro problema que o impedira de comparecer aos encontros, como costumeiramente fazia. De repente, poderia ser até algo que ela dissera e o teria desagradado, ou mesmo algo que magoara seu amado.

Encheu-se de esperança, tomando uma decisão: no dia seguinte, procuraria por informações com os amigos de Juvenal para saber sua residência. Conversaria com ele. Nada como uma boa conversa para colocar as coisas em seus devidos lugares.

Assim fez! No dia seguinte, no horário em que habitualmente fazia, dirigiu-se à padaria, encontrando no meio do caminho os amigos galhofeiros de Juvenal. Meio sem graça, pediu a eles que pudessem informar onde era a casa do rapaz.

— Ha! Ha! Ha! — riu um deles. — Moça, você quer ir à casa do Juvenal? Tem certeza?

O segundo também em tom de ironia disse:

— O que é que o Juvenal tem que nós não temos? Por que você não nos convida para tomar um cafezinho em sua casa? Nós também poderemos fazer o que você gosta, minha linda!

Emiliana sentiu-se humilhada. Por que os amigos de Juvenal falavam com ela daquela forma? Baixou a cabeça e começou a chorar, mas nada disso comoveu os rapazes, que continuaram, impiedosos!

A TERAPIA DO *amor*

— Você é mais uma "trouxa" de quem ele se aproveita e depois joga no lixo! Você é muito bobinha, inocente, e Juvenal não gosta de meninas inocentes! Ele gosta é de mulher safada! — concluiu o terceiro.

— Mas, se você quer mesmo ir à casa dele, é lá embaixo na rua paralela ao córrego. Vá até lá e pergunte pelo Juvenal, que todos o conhecem.

Decidida, Emiliana resolveu procurá-lo, mas não precisou chegar até o local para avistar o rapaz subindo a rua, e seu coração se alegrou diante da vista do amado. Correu em sua direção, mas Juvenal a repeliu violentamente:

— Onde você pensa que vai, mocinha? — o rapaz perguntou, com o semblante carregado.

— Juvenal! — gritou a moça, desesperada. — Por que você está falando desse jeito comigo? Você disse que me amava!

Aquele foi um espetáculo deprimente no meio da rua. Alguns curiosos observavam à distância.

— Eu te amar? Você é uma menina muito bobinha, e me diverti bastante. Até que foi legal, mas já estou farto. "Caia fora", não quero te ver mais, menina, vá procurar sua turma! — gritou com desprezo.

ANTONIO DEMARCHI pelo Espírito AUGUSTO CÉSAR

Para Emiliana aquela revelação significava um choque. A jovem se recusava a acreditar no que ouvia da boca de seu amado! Não, alguma coisa estranha havia acontecido, aquele não era o Juvenal que ela havia conhecido! O que estaria de fato acontecendo?

Em um ato de desespero, a moça tentou abraçar o rapaz, que a empurrou com violência. Emiliana se estatelou ao chão, machucando as mãos e os cotovelos enquanto Juvenal se afastava, dizendo:

— Não me procure mais, mocinha! É melhor para você que fique longe de mim!

Um senhor idoso, que passava pelo local, sentiu-se comovido pelo estado da moça e a ajudou a se levantar:

— Minha filha — disse o senhor —, é melhor mesmo que fique longe desse rapaz, porque ele não vale nada! Aqui no bairro todos o conhecem e sabem que é um malandro! Costuma divertir-se com moças inocentes!

Emiliana levantou-se do chão, sentindo-se completamente perdida, atordoada, machucada no corpo, no coração e na alma. O bom velhinho ainda deu mais alguns conselhos para a jovem, que não ouviu. Subiu cabisbaixa a rua, chegando até sua casa. Chorou copiosamente, desconsolada. A vida não tinha mais sentido sem Juvenal, viver não valia a pena!

Sentia-se envergonhada e incapaz de raciocinar com clareza. O que diria seu pai ao tomar conhecimento que ela havia perdido a inocência para um aproveitador sem escrúpulos, e que ela mesma havia franqueado a porta sagrada do lar para o espertalhão? A sensação de humilhação e vergonha de si mesma se agigantou em sentimentos íntimos de forma avassaladora, e uma ideia começou a tomar vulto em sua mente! Sim, a vida sem Juvenal não valia a pena, era melhor colocar um fim em tudo aquilo! A morte era a solução, o esquecimento, o nada!

É nessa hora que reside o perigo mais traiçoeiro. É no momento do desespero que irmãos menos felizes das sombras exploram as mentes desequilibradas, induzindo-as a buscar soluções fugindo da vida, e que infelizmente muitas pessoas caem. Semelhante ao estado de hipnose, as pessoas perdem a capacidade de raciocínio e o medo da morte. Movida por mãos invisíveis, Emiliana caminhou trôpega até o banheiro, apanhou uma lâmina de barbear de seu pai e, sem que se desse conta, efetuou profundo talho nos pulsos, abrindo as artérias de forma perigosa.

ANTONIO DEMARCHI pelo Espírito AUGUSTO CÉSAR

Em completo estado de letargia, não sentiu dor, e o sangue jorrou abundante. Sentiu profundo entorpecimento e tudo escureceu à sua volta. Perdeu totalmente a consciência, mergulhando na mais completa escuridão!

Aquela tarde Emiliana não foi à escola buscar os irmãos, que estavam à sua espera até o final do dia, quando a inspetora de alunos tomou a decisão de os levar para sua casa, na esperança de que a irmã ou o pai os fossem buscar mais tarde.

Quando o Sr. Alfredo chegou do trabalho, estranhou a casa mergulhada na mais completa escuridão. Onde estariam os filhos? Onde estaria Emiliana? Certo pressentimento tomou conta de seu coração, que pulsou descompassado no peito. Chamou pela filha em voz alta, mas a resposta foi o mais absoluto silêncio. Caminhou em direção ao banheiro, deparando-se com o quadro mais triste e desesperador que jamais poderia imaginar: sua filha querida caída ao chão, já morta, e seu sangue por toda parte, tomando conta do minúsculo ambiente.

Ao aportar ao Vale dos Suicidas, Emiliana não tinha consciência de que não estagiava mais no corpo material. Sentia fome, sede e fraqueza intensa.

A TERAPIA DO *amor*

Não tinha forças para ficar em pé, de forma que a pobre criatura permanecia deitada o tempo todo, gemendo e chamando pelo nome daquele por quem, em um ato impensado de desespero, colocara termo à sua própria existência. Vez ou outra chamava pelo pai e pelos irmãos, momento em que seu desespero se acentuava e a pobre moça se debatia inutilmente na tentativa de recuperar a lucidez, considerando-se a perturbação que acompanha os suicidas após a passagem para o mundo espiritual, onde se defrontam com a dura realidade — de que a morte não os isenta de seus problemas, agravados, então, pelo ato terrível do suicídio.

Em nosso primeiro atendimento a Emiliana, confesso que não conseguia entender meu impulso de sentimento, porque de imediato senti imensa piedade daquela jovem infeliz. Observei-a com os cabelos em completo desalinho e o corpo todo empapado de lama do local onde se encontrava, gemia e chamava por Juvenal, manifestando inconformismo e incompreensão pelo abandono de seu amado.

Segurei seu rosto entre minhas mãos, penalizado, aquele rosto sofrido e olhos esgazeados, perdidos no nada da inconsciência em que havia mergulhado pelo ato impensado. A paciente apresentava respiração ofegante, e, com o peito arqueado, gemia de forma intermitente.

Carinhosamente e com bastante cuidado, acomodei sua cabeça em minha mão esquerda enquanto a direita estendi em direção ao alto de sua cabeça, na região do centro de força coronário. Em estado de oração e profunda concentração, Jorge aplicava energias magnéticas ao longo do corpo perispiritual da jovem em movimentos longitudinais. Aos poucos, a paciente foi se acalmando, enquanto Jorge e eu prosseguíamos na aplicação dos passes energéticos. Finalmente, a jovem adormeceu profundamente. Jorge a segurou nos braços e a levamos a um local próximo a uma pequena ravina, onde improvisamos, em uma pequena elevação do terreno, um local onde Emiliana pudesse ficar mais bem acomodada.

Jorge sorriu e me disse:

— O sentimento de piedade diante do sofrimento alheio é algo que nos faz melhores, Augusto. O que você sentiu é algo genuíno, é o desejo de auxiliar a minorar a dor daquele em sofrimento e isso nos credencia à condição de ajudantes do bem, apesar de nosso estado de imperfeição. O que nos diferencia é o desejo de ajudar, de auxiliar o próximo, com alegria no coração.

As palavras de Jorge refletiam a mais pura verdade. Aquele sentimento havia brotado em meu peito de forma espontânea, inexplicável, mas verdadeiro. Só de olhar Emiliana repousando ao nosso lado, sentia-me feliz por ter contribuído de alguma forma para a melhoria, mesmo que temporária, daquela criatura que eu já amava, mas de uma forma diferente. Era um sentimento depurado, sublimado, que me tornava melhor pelo fato de colaborar na recuperação daquela jovem infeliz.

Jorge ainda acrescentou:

— Enquanto eu improviso uma tenda para Emiliana, procure auscultar sua mente e verificar sua história e o que aconteceu.

Acatei a orientação de Jorge e tomei conhecimento daquela triste história.

Com os olhos fechados, sofri com Emiliana, na perda de sua mãezinha, no desencanto com o namorado inescrupuloso e em sua decisão precipitada, no desespero da incompreensão e da imaturidade.

Fiquei tão absorto naquele processo que não notei a maca improvisada feita com partes das vestimentas de Jorge, onde Emiliana repousaria mais adequadamente.

Eu também não me fiz de rogado. Tirei minha camisa e improvisei um pequeno lençol para cobrir o corpo da moça. Foi, então, que Jorge me sugeriu:

— Vamos passar pelas visitas aos demais pacientes e, no final, retornamos aqui para ficarmos juntos de Emiliana. Vamos oferecer a ela atendimento diferenciado, como se estivesse em um hospital de primeira linha — arrematou meu amigo com largo sorriso.

Fiquei feliz com a sugestão de Jorge. Realmente, não desejava me afastar daquela jovem. Sinceramente, sentia vontade de permanecer ao seu lado por mais tempo, mas meu amigo me chamou. Tínhamos outros necessitados em nosso caminho. Ao final, retornaríamos para acompanhar de perto o caso de Emiliana.

Assim fizemos.

Seguimos nossa trajetória a prestar atendimento a Alaor, a Joana, a Sarita, a Eufrásio e, por último,

A TERAPIA DO *amor*

a Eleutério. Os pacientes apresentavam expressivas melhoras, porém o médico exibia quadro evolutivo mais satisfatório. Eleutério estava me surpreendendo, levando-se em conta seu estado inicial e o atual estágio de recuperação.

Após concluir os atendimentos, nós retornamos ao local onde havíamos deixado nossa mais nova paciente. Emiliana, embora adormecida, começava novamente a esboçar estado de agitação. Imediatamente, providenciamos a aplicação de novos recursos terapêuticos através de passes magnéticos, acalmando a paciente.

Jorge e eu nos deitamos na ravina ao lado de Emiliana e ficamos conversando. Eu dizia a Jorge que realmente me sentia novo homem. Sentia no fundo do meu coração que aquele sentimento de orgulho e vaidade de outros tempos havia desaparecido. Que a alegria que experimentava em poder auxiliar alguém em sofrimento era a maior recompensa que podia receber, principalmente ao constatar que minha colaboração aliviava a dor do paciente.

Se na época em que me encontrava vivo... — Jorge me corrigiu: vivo não, porque você continua vivo; quando você se encontrava encarnado. — Eu ria de meu amigo, pois havia algumas terminologias que Jorge me ensinava, mas eu ainda não era capaz de assimilar com facilidade, e repetia: "Não, agora sou um morto-vivo. Antes eu era vivo na matéria, depois morri em um acidente e agora estou vivo novamente. Mas que confusão!", eu arrematava.

E ambos ríamos gostosamente de minhas confusões.

— Mas, como eu dizia quando eu era vivo, a maior recompensa era o cheque que o paciente me deixava para eu rechear minha já polpuda conta bancária. No entanto, a alegria que sentia nos últimos tempos, advinda do trabalho de auxílio ao próximo, não havia dinheiro no mundo que pudesse pagar.

Enquanto estávamos deitados, olhei para o firmamento e, pela primeira vez, me surpreendi ao ver estrelas brilhando no céu, normalmente escuro e encoberto por espessa neblina que parecia não ter fim. Não pude deixar de manifestar minha surpresa:

— Jorge, acho que é noite.

— Por que está dizendo isso? — ele me perguntou.

A TERAPIA DO amor

— Porque estou vendo estrelas no céu — respondi.

— Foi só isso que você notou?

Somente, então, eu percebi que o local onde estávamos era diferente das demais regiões por onde costumávamos circular.

— Agora estou também notando que aqui não tem lama. Que estamos em um gramado verdejante. Meu Deus — exclamei surpreso —, como isso é possível?

Jorge sorriu de forma enigmática e me disse:

— Fique calmo e se prepare, porque haverá novas surpresas. E silenciou, deixando-me com sentimento de curiosidade. Eu não queria demonstrar a ansiedade que me corroía por dentro, para não parecer demasiadamente infantil, mas a vontade de perguntar e pedir esclarecimentos quase me sufocava. Procurei disfarçar, na tentativa de me controlar.

Jorge percebeu minha agitação, deu-me um tapa carinhoso em minhas costas e, com um sorriso, arrematou:

— Vamos repousar porque hoje trabalhamos bastante, mas antes vamos fazer uma oração de agradecimento.

ANTONIO DEMARCHI pelo Espírito AUGUSTO CÉSAR

Aquiesci e acompanhei meu amigo em sua oração: "Jesus, Mestre Amado, nós te agradecemos pelo dia de hoje. Obrigado, Senhor, pela oportunidade que nos concedeste em poder servir de instrumentos do teu amor, levando aos nossos irmãos em sofrimento neste vale de dor o alívio às suas angústias, o refrigério às suas almas atormentadas, a paz aos seus corações em conflito. Gratidão, Senhor, porque nos sentimos privilegiados, gratidão por já compreender que não estamos mais praticando caridade, mas sim recebendo caridade de teu coração amoroso. Que, diante dos imensos débitos contraídos hoje, estamos na condição de servidores imperfeitos, mas servidores de boa vontade, Senhor! Gratos por recebermos tantas graças de tua misericórdia é que te rogamos, Mestre, faze com que possamos prosseguir sempre nessa senda de amor, servindo em Tua Seara, que se estende por todos os lados! Gratidão, Senhor! Gratidão! Gratidão!..."

Jorge parecia repetir indefinidamente a palavra gratidão, que parecia ficar cada vez mais distante, enquanto leve torpor de sonolência começava a dominar minha consciência.

CAPÍTULO 16

UMA REVELAÇÃO *surpreendente*

Em estado de sonolência, ouvia a voz longínqua de Jorge em sua oração de agradecimento repetindo a palavra gratidão, gratidão, gratidão...

Por fim, adormeci profundamente.

De repente, senti como se alguém me chamasse, sussurrando carinhosamente em meus ouvidos:

— Guto, Guto, Guto... Acorde, meu filho!

Parecia estar vivendo um sonho. Reconheceria aquela voz carinhosa de minha mãe a me chamar pelo apelido de infância, onde quer que estivesse. Estava muito confuso, então abri os olhos e, para minha surpresa, descortinei paisagem totalmente diferente à minha volta. Sentia-me em estado de transe, porque identifiquei imensa campina verdejante, toda florida, enquanto o ambiente se apresentava iluminado por tênue luminosidade de tonalidade azul-claro.

Tudo parecia um sonho, mas um sonho muito real. Vi a figura amorosa de minha mãezinha querida a se aproximar e me abraçar, enquanto ao lado podia identificar a presença de Jorge, bem como a de uma senhora de aspecto simples, que sorria, irradiando simpatia e amor.

Em meu sonho, senti forte o abraço caloroso de mamãe, que me afagou carinhosamente os cabelos, como sempre fazia quando ainda era um menino, enquanto eu, tomado por profunda emoção, chorava copiosamente.

— Mamãe, mamãe, é a senhora mesmo? Acho que estou vivendo um sonho maravilhoso — dizia eu, incrédulo.

— Sim, filho meu, sou eu mesma! Tenho orado e rogado tanto por você que Deus nos concedeu essa graça! Aqui estou para te dizer que jamais o esquecerei e que todas as noites tenho rogado em oração ao Pai Eterno o seu amparo a você. Ele atendeu a minhas rogativas, e aqui estamos pela graça Divina!

A TERAPIA DO *amor*

Abraçamo-nos, deixando que nossas emoções tomassem conta e fluíssem através das lágrimas que jorravam abundantes. Beijei seu rosto molhado de lágrimas e, à minha visão, mamãe parecia uma santa envolta em uma luz rósea de amor que me envolvia, aquecendo meu coração. Era um momento de muita alegria e meu coração pulsava descompassado. Não conseguia controlar aquela emoção e soluçava feito criança.

— Ah! Meu filho amado — dizia minha mãe, afagando meus cabelos e acariciando meu rosto. — Há quanto tempo espero por esse momento, por essa graça maravilhosa!

Palavra alguma seria capaz de expressar aquele momento de tamanha felicidade e alegria que explodia em meu peito. Ficamos abraçados por algum tempo sem nada dizer, nem era necessário, pois quando dois espíritos que se amam, vibram na mesma sintonia, as palavras são pobres para expressar a intensidade da emoção contida em suas almas. Era um sonho maravilhoso, surreal. Encontrava-me em estado de graça.

Em seguida, Jorge se aproximou. Observei que o amigo parecia muito feliz, também muito emocionado:

— Augusto — disse-me ele —, esse é um momento de muita graça pela concessão da Misericórdia Divina. Além de sua mãe que o abraça amorosamente, tem outra mãe que também quer te abraçar em sentimento de gratidão.

Observei aquela senhora à minha frente, de aparência humilde, que irradiava gracioso halo de luz clara em torno de sua cabeça. Sua fisionomia era de bondade e seu rosto estava banhado em lágrimas quando me abraçou. Não sabia explicar, mas sentia profunda simpatia por aquela mulher, e, em estado de profunda sensibilidade, foi difícil estancar a torrente de lágrimas que brotavam de meus olhos, porque também chorei copiosamente.

— Eu me chamo Marcelina — apresentou-se —, sou a mãe de Emiliana, aquela pobre moça que vocês cuidaram com tanto amor. Na realidade, eu estava ao lado dela quando vocês se aproximaram e pude constatar que vocês sentiram piedade e misericórdia por minha desventurada filha. Eu o abracei naquela hora, irmão, e você captou o sentimento mais genuíno de amor e desejo de praticar o bem em favor de uma criatura desvalida e necessitada. Aqui estou para lhe dizer que serei eternamente grata pelo auxílio e pelo carinho que prestaram à minha Emiliana.

Após essa expressão de gratidão, dona Marcelina apresentou-me uma túnica alva dizendo:

— Vocês se despojaram da própria vestimenta para acolher minha filha. Em retribuição, com a permissão dos amigos espirituais, ofereço a vocês duas túnicas alvas como forma de agradecimento pelo ato de amor e caridade que praticaram.

Em seguida, mamãe me abraçou mais uma vez, osculou minha fronte como fazia quando eu ainda era um menino e finalizou:

— Deus é nosso Pai Misericordioso, meu filho, e sei que Ele atendeu às minhas preces e que você está sob o amparo de Jesus! Que Deus te abençoe e te ilumine sempre.

Repetindo um costume seu, sempre que eu saía para alguma viagem, ela fez o sinal da cruz sobre minha fronte, dizendo:

— Que Deus te abençoe, meu filho, que Deus te proteja e te guarde de todo mal, amém.

Tudo se desvaneceu diante da minha visão e adormeci profundamente.

Quando despertei, olhei para o lado e vi Jorge me olhando com um largo sorriso nos lábios. Estávamos novamente no Vale dos Suicidas, enquanto Emiliana repousava placidamente ao nosso lado. Entretanto, guardava nítida impressão de que tivera um sonho, mas um sonho verdadeiro, real. Olhei para meu corpo e notei que estava vestido com a túnica alva que dona Marcelina havia me presenteado. E que Jorge também ostentava idêntica túnica.

Não consegui conter a surpresa e o sentimento de alegria que invadiu minha alma. Naquele momento, tive plena convicção de que algo maravilhoso e incompreensível para mim havia acontecido.

— Jorge, por favor, me responda, foi apenas um sonho ou foi um acontecimento real?

O amigo sorriu bondosamente e me respondeu de forma enigmática:

— Aconteceram as duas coisas, um sonho e um acontecimento real.

— Quando adormecemos, por estarmos envolvidos por fluidos da espiritualidade superior, fomos deslocados em estado de inconsciência para uma dimensão mais elevada que esta. Nesse plano, você ainda tem alguma dificuldade para se apresentar em plena consciência, visto que ainda não consegue entender os campos vibratórios das dimensões superiores. No nosso caso, foi apenas um pequeno hiato entre a esfera em que estamos e a outra, um pouco mais elevada em termos vibratórios. Em seu estado de inconsciência foi como um sonho maravilhoso, mas, na verdade, o que ocorreu foi um encontro real. Por graça e misericórdia de Deus, sua mãezinha, que acumula créditos diante da espiritualidade, foi trazida para um encontro contigo, meu irmão. Sua mãe tem rogado essa graça há algum tempo; por outro lado você também tem colaborado, se esforçado no aprendizado e no exercício do bem, além de apresentar significativa elevação em termos de conhecimento e sensibilidade espiritual.

Era exatamente o que me sentia: em estado de graça! Feliz, olhava para minha nova túnica agraciada pela mãezinha de Emiliana. Mais uma vez, meu amigo trouxe-me os esclarecimentos necessários:

— A túnica que vestimos foi um presente de gratidão de uma mãe amorosa. Dona Marcelina é um espírito que já conquistou o estágio da humildade e gratidão, e o presente mais valioso que se materializa pela energia do amor é o de uma mãe que ama e em profundo agradecimento. Bem diz o ditado: "Quem meu filho beija, meus lábios adoçam!".

Ao analisar em pormenores o local onde estávamos, percebia que o pequeno monte apresentava gramado verdejante e que a neblina densa cedia espaço a um céu azul extraordinário. Cobrei de Jorge suas explicações, anteriormente prometidas.

— Você já havia notado esse fenômeno ontem à noite, está lembrado, Augusto?

Sim, lógico que eu me lembrava, mas me lembrava também que Jorge me pedira paciência, pois teria algumas surpresas e ele, então, me esclareceria convenientemente. Esperava que ele pudesse, naquela oportunidade, trazer os devidos esclarecimentos à minha compreensão.

— Na verdade, Augusto, o mundo que vemos, o mundo exterior que nossos olhos revelam, é um reflexo do nosso mundo interior. À medida que você se eleva e modifica para melhor seu mundo interior, o reflexo imediato é que a sua visão modifica, amplia-se, dilata-se para mais percepção do mundo exterior. Você tem apresentado modificação e melhoria substancial em seu mundo interior desde que aqui chegou, que lhe permite vislumbrar o exterior de forma mais agradável, uma vez que reflete o que está dentro de você. Por essa razão, Jesus nos ensina no Evangelho que "A boca fala daquilo que está cheio o coração."

— Como poderia entender melhor esse mecanismo? — indaguei.

— Augusto, vamos rememorar algumas lições, porque na realidade é um pequeno resumo de tudo aquilo que vivenciamos nesses últimos tempos. As pessoas que nutrem sentimentos negativos, que reclamam de tudo, que alimentam sentimentos de inveja, que cultivam a maledicência, a intolerância, a falta de paciência; os estressados, os ríspidos, ou ainda aqueles que se entregam a remoer dentro de si sentimentos de melindres, mágoas, raiva, ódio, rancor etc. etc. estão em processo vibratório extremamente deletério, a se iniciar no sentimento para se exteriorizar pelos pensamentos ou palavras articuladas.

— Ora, os indivíduos encarnados ou desencarnados que estão nesse diapasão vibratório inundam a casa mental de energias densas, escuras, que comprometem inicialmente o equilíbrio espiritual para depois atingir o corpo material. Mas, o mais importante é a percepção da casa mental daquele que vive na escuridão. Vamos fazer uma analogia para entender mais claramente essa questão. Imaginemos um indivíduo que habita uma casa onde não haja luz, permanecendo ali por longo tempo, privado de uma visão agradável. Em pouco tempo, o indivíduo passa a apresentar sintomas da depressão, sensações desagradáveis a distanciá-lo da realidade, acrescido da perda de noção do tempo (se é noite, ou dia, se a luz do sol brilha lá fora ou se a escuridão é que predomina). Devido à falta da luz, a pessoa perde, em curto espaço de tempo, a visão total do mundo exterior, pois o referencial de mundo que ela tem é apenas o da escuridão. Assim também é nossa casa mental.

— A escuridão mental que desfrutamos em espírito manifesta-se em nossa visão distorcida do mundo exterior, lembrando que o mundo exterior é um reflexo do mundo interior, isso é, uma casa mental inundada por energias negativas e deletérias. O que vive mergulhado no egoísmo não consegue encontrar razão plausível no altruísmo, aquele que se compraz no azedume, no mau humor não encontra graça e razão no lado bom da vida, e o que articula palavras de pessimismo exprime exatamente o que vai em seu mundo interior, em seu campo do sentimento, em seu coração. Façamos, por nossa vez, luz em nossa casa porque onde a luz brilha, as trevas não "fazem verão". Como isso é possível? Já sabemos que sentimentos e pensamentos elevados (de amor, carinho, amizade, altruísmo e caridade) geram energias vibratórias de luz a coroar nossa casa mental, trazendo ao espírito, que é o inquilino, sensação de alegria, de bem-estar, harmonia e paz. A visão de mundo exterior, ao espírito feliz, faz referência a uma vida maravilhosa, que vale a pena ser vivida, apesar dos conflitos e problemas.

— A paz do mundo tão desejada por todos começa em nós! Quando o espírito encontra a paz interior, o mundo se torna melhor a partir de cada atitude, de cada gesto de carinho, de cada pensamento de amor, amizade, respeito e compreensão. Toda vez que uma pessoa se eleva, o mundo se eleva junto, porque é mais um coração a encontrar paz dentro de si, uma mente que se iluminou e, então, a exteriorizar energias luminosas, e, uma boca a materializar palavras de amor e de harmonia.

Jorge fez breve pausa e me perguntou:

— Entendeu por que o mundo que vemos é o reflexo do nosso mundo interior? O indivíduo que alimenta alegria, carinho, amor, amizade, altruísmo, desprendimento, identifica no mundo externo as energias vibratórias de seu íntimo. Contrariamente, os que odeiam e se retroalimentam de pensamentos e emoções negativas não conseguem ver graça na vida.

Sim, havia entendido perfeitamente! Todos aqueles ensinamentos que ouvia, apesar de repetitivos, à minha percepção vinham apenas confirmar o encadeamento da lógica contida no Evangelho, a que Jorge desde o início de meu aprendizado ministrava à minha santa ignorância.

Jorge me dizia ser alguém parecido comigo, que não soubera, enquanto encarnado, valorizar a condição de médico (essa é uma profissão diferenciada, como um sacerdócio, porque salva vidas, ameniza a dor e que, às vezes, não é valorizada devidamente). Que se preocupara em demasia com a vida material. Contudo, aos meus olhos eu aprendia a admirar não apenas um médico, um mestre, mas um sábio. Não apenas demonstrava conhecimento dos profundos e intrincados mecanismos da medicina espiritual e seus efeitos colaterais provocados por nossos destemperos emocionais, mas igualmente demonstrava ter largos conhecimentos acerca do Evangelho do Cristo.

A TERAPIA DO *amor*

Sua didática e paciência de mestre que ensinava um discípulo distraído eram admiráveis, porque, a despeito de minha ignorância e desprezo pela fé, pela oração e pelo Evangelho, hoje reconhecia feliz que minha ignorância estava superada e que, acima de tudo, havia adquirido enorme respeito pelos ensinamentos do Cristo contidos no Evangelho de Jesus!

Jorge aquiesceu com um sorriso bondoso e prosseguiu:

— Tem toda razão, Augusto, porque à medida que nos modificamos para melhor, que aprendemos a controlar nossos impulsos negativos e nossas emoções inferiores, e que passamos a cultivar pensamentos elevados e atitudes positivas, colocando-nos a serviço do bem, teremos como resultado o aperfeiçoamento de nossa estrutura física, mental e espiritual e, por conseguinte, teremos uma vida saudável, gozando de bem-estar físico, mental e espiritual, desfrutando de alegria, amizade, carinho e, por que não dizer, seremos também vencedores em nossos empreendimentos na vida. Tudo isso porque alcançamos um estado de consciência de nós mesmos e, assim, descobrimos em nós a energia do amor de Deus que mantém em equilíbrio e harmonia todo o Universo. Nesse estado de consciência, nós nos damos conta de que somos seres Divinos, que o Criador habita em nós, que somos uma partícula Divina cuja origem está no próprio Pai. Desse modo, nos tornamos invencíveis, visto que nos descortinam todas as potencialidades inimagináveis do espírito, nossa capacidade de realização e superação. Por isso Jesus nos disse um dia: "Vós sois deuses, fareis tudo o que faço e muito mais!"

— Diante de tal transformação, o mundo segue com seus problemas e a humanidade continua a mesma, mas não para você. Quando você muda, o mundo também muda, a partir de você. Quando você olha ao seu redor e sente paixão pela vida, apesar dos problemas, alegria de viver apesar das dificuldades, felicidade no coração apesar das contrariedades, satisfação em servir apesar das incompreensões, prazer em compartilhar apesar das ingratidões, enfim, o mundo continua igual, no entanto, quem mudou foi você. Por essa razão é que se diz que o mundo exterior é um reflexo do mundo interior.

Quedei-me em silêncio meditativo a pensar nos ensinamentos recebidos, chegando à conclusão de que ainda tinha muito a aprender.

A TERAPIA DO *amor*

  Olhei ao meu redor e minha vista se alongava a distância, diferente das vezes anteriores em que minha visão se restringia à opacidade, pela espessa neblina do ambiente. Podia vislumbrar a luz do sol que se espraiava no espaço celeste. Senti saudades dos tempos de menino, quando corria pelos campos nos folguedos infantis, sentindo a brisa soprar em meu rosto e o calor do sol aquecendo minha vida.

  Senti saudades de minha infância e dos carinhos de minha mãe, e chorei. Jorge abraçou-me e confortou meu coração tal qual faz um irmão mais velho perante o irmão caçula que precisa de amparo e entendimento.

CAPÍTULO 17

UMA NOVA *missão*

Notava que meu estado de sensibilidade e percepção se ampliava consideravelmente, nos últimos tempos. Podia identificar o tempo, percebendo quando era noite ou quando era dia, o que não acontecia antes. Dessa maneira, passei a contabilizar o tempo contando os dias que se sucediam em nossa jornada.

Pelos meus cálculos, mais de dois meses se passaram desde meu encontro com mamãe. Sentia-me motivado e feliz com os trabalhos de auxílio aos nossos companheiros mais necessitados.

A maior motivação era verificar a melhoria de nossos assistidos, principalmente Eleutério, o médico fumante que estávamos atendendo, e Emiliana, a jovem que havia se suicidado em um momento de desespero.

Alaor havia evoluído satisfatoriamente, Eufrásio demonstrava, às vezes, estado de lucidez, para, em seguida, se entregar novamente ao desespero, embora seu estado clínico pudesse ser considerado muito bom. Sarita ainda demonstrava inconformismo diante de seu quadro de pós-suicídio, mas também evidenciava que em breve retornaria ao estado de consciência plena quanto ao ocorrido.

Jorge sempre me dizia:

— Esse é um trabalho de amor, carinho, perseverança, mas, sobretudo, de muita paciência, Augusto. Para destruir uma vida basta um minuto, entretanto, para reconstruí-la demanda tempo, sofrimento, dor. É preciso dar tempo ao tempo. Já apuramos que o Universo conspira ao nosso favor, uma vez que as energias que saturam o espaço sem fim, aliadas ao amor de Deus, que é a energia mais poderosa do Universo, recuperam tudo, colocam tudo novamente em seus lugares com a devida ação do tempo. Por esse motivo, é que se diz que o tempo é o senhor da razão. Somente o amor de Deus e a sábia ação do tempo podem restaurar uma alma destroçada pelos sentimentos destrutivos do desespero, da ilusão temporal das posses terrenas, dos relacionamentos não compreendidos que levam uma criatura ao ato extremo, como se o autoaniquilamento fosse possível, como solução imediata para os problemas.

Naquela manhã, estávamos assistindo Emiliana. O estado de desespero da jovem que despertava ora em delírios, ora apresentando momentos de lucidez brotava em meu coração compaixão profunda por aquela filha de Deus. Com os recursos que dispúnhamos naquele local, acabamos por improvisar um local onde Emiliana ficava mais bem acomodada, sob nossa assistência. Nós a adotamos como se fosse uma irmã muito querida, de forma que o atendimento a ela era mais específico e direcionado. Ela permanecia sempre deitada no estreito leito improvisado, e, quando retornávamos de nossa jornada de atendimento, a víamos sentada, quietinha, como à espera de nossa chegada.

Ao nos ver, seus olhos opacos adquiriam brilho, então, ela sorria. Eu me sentia gratificado ao apreciar seu sorriso de alegria e confiança. Emiliana demonstrava em sua desdita confiança plena em nós, como se realmente fôssemos seus irmãos mais velhos.

A TERAPIA DO *amor*

Seu sorriso era, para nós, a maior recompensa. Ainda bastante confusa, ela não entendia o que havia acontecido; perguntava pelo pai, pelos irmãos e por seu namorado, o Juvenal, aquele que a havia abandonado. Procurávamos não responder às suas indagações, visto que Emiliana não tinha ainda condições de entendimento. Apenas a abraçávamos e, como parte do tratamento, aplicávamos passes energéticos em torno de seu centro de forças coronário. Por conseguinte, ela adormecia profundamente com um sorriso nos lábios, como alguém que, apesar de todo infortúnio, havia encontrado um hiato de paz.

Com Eleutério, o caso era mais interessante. Ele começava seu processo de despertar da consciência e a se dar conta de seu estado lastimável. Significativa melhora era registrada em seu estado clínico. Seus pulmões estavam bastante comprometidos, envoltos ainda naquela nódoa densa e escura típica de um processo de regeneração lento do câncer que havia corroído aquele órgão. Analisando mais acuradamente, porém, podia-se notar que os bronquíolos e os alvéolos em melhores condições permitiam ao nosso irmão respiração mais fluida.

No decurso de seu despertar de consciência, as dúvidas tornaram-se imensas; Eleutério, por sua vez, nos crivava de perguntas.

— Em síntese, isso é muito bom — me disse Jorge —, porque quando o paciente começa a fazer perguntas é porque já tem dúvidas e são as dúvidas que levam ao questionamento e, consequentemente, ao esclarecimento. Mas acima de tudo, revela o desejo de conhecimento e do estado de consciência de si mesmo.

A enxurrada de perguntas de Eleutério me remeteu à minha chegada ao Vale dos Suicidas e ao frequente e acirrado questionamento a Jorge.

Eleutério apresentava confusão mental; perguntava a respeito do local onde se encontrava e descrevia as cenas finais de sua última encarnação.

— Onde estou? O que está acontecendo comigo? Ou melhor, o que aconteceu comigo? A verdade é que sinto muita fraqueza. E por que essa sensação de morte?

E seguia:

— Sinto-me desnorteado, porque vêm em minha memória de forma insistente imagens de um sofri-

A TERAPIA DO *amor*

mento terrível que passei no hospital onde me encontrava internado. Eu sou médico e estou me lembrando perfeitamente que fui diagnosticado por um colega, amigo meu — estava com câncer, que se alastrou tomando meus pulmões e atingindo também a faringe, a laringe e a traqueia. Começo a me lembrar de tudo, minha internação, as dores insuportáveis do terrível tumor, as intervenções cirúrgicas, as picadas dolorosas de agulhas e cateteres. Depois disso, somente o nada. Sinto-me profundamente frágil, mas também sinto muito a falta de cigarro. Agora mesmo estou sentindo vontade imensa de dar uma boa tragada, mas parece que estou em algum lugar onde, em meu próprio benefício, não vou encontrar cigarros à venda. Esse foi meu grande erro, pois, na condição de médico, tinha plena consciência dos males provocados pelo fumo, um veneno fatal que prejudica o organismo de forma indelével.

Jorge sorriu pacientemente, como de costume, diante da torrente de perguntas de Eleutério. Não bastasse eu, pensei com meus botões.

— Irmão Eleutério, nós sabemos que você é médico, e já faz algum tempo que cuidamos de você. Augusto e eu, muito felizes com sua melhora, temos duas notícias a lhe dar. Uma é boa e outra, ruim, depende do ponto de vista que encaramos. Qual você deseja primeiro?

Eleutério olhou-nos com surpresa e sua expressão era de súplica.

— Por misericórdia, me esclareçam! Se me encontrava em estado grave internado em um hospital, por que estou aqui nesse lugar horrendo, escuro e malcheiroso? Eu morri? Se morri, por que me sinto vivo, apesar daquela sensação esquisita de morte e fraqueza?

— Pois é, irmão Eleutério, você praticamente já tem resposta para pelo menos uma de suas perguntas. Mas, vamos lá: a notícia que você pode considerar ruim: você tem razão, pois não mais faz parte do mundo dos vivos na condição material. Você já transpôs o pórtico do mundo material, como se diz na gíria popular, o mundo dos mortos. Agora a boa notícia: a morte não existe.

A impressão que tinha é que Eleutério estava ainda mais confuso com o esclarecimento.

— Quer dizer que morri, mas não morri? Como posso entender isso? Estou confuso; em meu íntimo sei que algo ocorreu comigo, e a morte seria mesmo a sequência natural do estágio avançado de minha doença, considerando a metástase. Mas, como se explica que me encontro nesse lugar me sentindo vivo, como um farrapo humano? Que lugar é esse?

— Sim, amigo, em seu íntimo você já tem consciência de que a morte seria a sequência natural de acordo com seu estado de saúde. Podemos dizer que a morte não existe, porque a vida continua em nova dimensão, após a grande passagem, visto que o espírito sobrevive pleno nessa nova vida no plano espiritual, apenas despido do corpo material, do corpo denso que baixou à sepultura e volta ao pó quando enterrado, ou se transforma em cinzas, caso passe pelo processo de cremação. A surpresa é que, quando despertamos conscientes no lado de cá, nos damos conta que a vida continua, apenas em condições diferenciadas, e a adaptação a essa nova realidade é uma questão de tempo. Aqui estamos nós, e este é o Vale dos Suicidas, que acolhe irmãos que partiram da vida material pelo suicídio.

— Meu Deus! — exclamou Eleutério. — Como pode ter sido isso? Não me suicidei.

Jorge sorriu e me disse:

— Deixo a você a oportunidade do esclarecimento ao nosso irmão Eleutério. Está na hora de passar adiante tudo que tem aprendido durante esse tempo aqui.

As palavras de Jorge tocaram meu coração, pois parecia que o amigo estava me passando o bastão que, até então, estava em suas mãos. Tinha a sensação de que em breve Jorge não estaria mais conosco. Ficaria apenas o tempo suficiente para verificar se o aprendizado fora efetivo, se eu seria um bom substituto. Eu me senti profundamente emocionado; o querido amigo, a seu modo, abraçou-me com carinho, dizendo:

— Vá em frente, confio em sua percepção e capacidade de transmitir o conhecimento da medicina com a visão espiritual que pôde observar nos últimos tempos! Tenho a mais absoluta convicção de que compreendeu muito bem o caso de nosso irmão Eleutério.

Sim, eu havia entendido perfeitamente!

Respirei fundo e fechei os olhos, pedindo inspiração Divina. Senti calor imenso tomando conta de meu corpo e sensação de alegria invadindo meu coração. Respondi de forma resoluta, como se estivesse sendo instrumento de forças invisíveis que me fortaleciam para prosseguir naquela missão de ensinamento que Jorge havia acabado de abdicar em meu favor:

— Irmão Eleutério, em seus questionamentos você mesmo afirmou que tinha consciência dos malefícios que o cigarro provoca em nossa saúde física, a comprometer nosso corpo físico e, por conseguinte, também nosso corpo perispiritual. Pois bem, a realidade é bem essa, visto que em todas situações existem os fatores que atenuam, bem como os fatores que agravam nossas responsabilidades. Sem julgamentos, porque não estamos aqui para julgar ninguém, nem temos autoridade para tal, apenas para esclarecer o irmão o que aconteceu e por que seu caso é considerado suicídio, motivo pelo qual se encontra em estágio nessa região de sofrimento denominado Vale dos Suicidas.

Sentia-me inspirado. Observei que Jorge aprovava tudo o que eu dizia, com um aceno de cabeça e um sorriso de satisfação nos lábios. Por outro lado, Eleutério mantinha os olhos arregalados, admirado com o que estava ouvindo (do mesmo modo que eu no início do aprendizado).

— Pois bem — prossegui —, o fato de sermos médicos e termos conhecimento dos males provocados pelo cigarro e, sabendo que faz mal à nossa saúde, continuarmos com o hábito de fumar, é considerado um ato suicida. Trata-se de um suicídio indireto, diferente do ato de tirar deliberadamente a vida, seja desferindo um tiro na própria cabeça, ingerindo veneno, atirando-se de uma ponte ou viaduto, ou por qualquer outro meio que atente à vida. Na condição de médicos e dotados de conhecimento, nossa responsabilidade é ainda maior, o que consiste em um fator agravante.

Eleutério parecia aturdido perante minhas palavras. No entanto, respondeu de imediato, demonstrando estar entendendo o mecanismo de causa e efeito do assunto que explicávamos: o suicídio indireto em seus agravantes.

— Acho que estou entendendo, amigo! — Eleutério falou, pensativo.

Sua fisionomia exibia palidez de cera e sua respiração estava ofegante.

— Sente-se um pouco, amigo. Jorge e eu iremos ministrar um passe energético para recompor suas energias.

A TERAPIA DO *amor*

Eleutério sentou-se. Pedi que fechasse os olhos e procurasse orar.

— Orar? Eu jamais tive o hábito de orar! Nem sei como é isso.

Jorge deixou tudo por minha conta, passando a observar minhas atitudes. Parecia satisfeito.

Então, dei sequência ao atendimento:

— Pois é, meu amigo, eu também, inicialmente, sentia as mesmas dificuldades que você, mas tenho certeza de que em breve entenderá o valor da oração sincera, quando pensamento e coração se unem no sentimento mais elevado de gratidão a Deus a nos proporcionar oportunidade da redenção de nós mesmos, porque seu amor é a energia mais poderosa na qual o Universo está mergulhado. E no amor de Deus tudo se regenera, tudo se equilibra, tudo se harmoniza. No amor de Deus, nos levantamos das cinzas, retemperamos nossas energias; a matéria destroçada por nossos próprios desmandos se regenera e, como resultado, recuperamos o equilíbrio espiritual. Enfim, tudo se renova no amor do Cristo e no amor de Deus! Inclusive, nossa saúde e nosso corpo material e espiritual.

ANTONIO DEMARCHI pelo Espírito AUGUSTO CÉSAR

Eleutério, pela primeira vez, ouvia algo novo que, embora não fizesse muito sentido para ele, representava o despontar de um pouco de entendimento. A condição de Eleutério me fez lembrar da minha própria ao aportar nessas paragens.

Nosso paciente abaixou a cabeça e soluçou — suas lágrimas eram sinceras e verdadeiras. Com a voz embargada pela emoção, pediu com humildade:

— Me perdoem pela ignorância de minha parte! Eu não sei orar e jamais orei; sempre atribuí essas coisas de oração a pessoas carolas e piegas. Mas agora, dentro de mim, tenho convicção profunda de que realmente estou precisando de oração. Por favor, me ensinem a orar.

Jorge compadeceu-se do irmão e o abraçou carinhosamente enquanto eu prosseguia no trabalho de esclarecimento. O pedido sincero do irmão demonstrava que estava abrindo o coração para o novo, vencendo velhas barreiras, crenças equivocadas.

Jorge se posicionou para aplicação do passe e eu também assumi minha posição com a destra estendida sobre o coronário de Eleutério. Convidei-o a elevar seus pensamentos, tentando mentalizar a figura

A TERAPIA DO *amor*

do Divino Mestre Jesus, e a repetir minhas palavras com toda fé de seu coração:

— Mestre Jesus! — disse eu, e Eleutério me acompanhou: — Mestre Jesus! — Nesse momento em que aqui estamos, lhe rogamos, Mestre querido! — eu prossegui, então, com a oração. — Nós lhe rogamos que nos ampare, que nos auxilie e ilumine nossa mente. Que nos envolva em seu amor e em sua luz, permitindo-nos compreender seu amor infinito e sua misericórdia, de modo a recuperar não apenas nossa saúde espiritual, mas nos desvencilhar de nossas imperfeições, defeitos e mazelas, operando a nossa transformação íntima. Estenda suas mãos misericordiosas, Mestre, e nos ampare de modo a nos levantar e sermos instrumentos de seu amor onde estivermos e com quem estivermos. Obrigado, Senhor, pelas bênçãos e por nos sustentar neste vale de sombras e sofrimento. Graças a Deus e graças a Jesus!

Concluída a prece, com a participação de Eleutério, demos por encerrado o passe energético. O paciente revestia-se, em seu corpo perispiritual, de luminosidade fosforescente na tonalidade verde-claro.

Emocionado, em lágrimas, levantou-se e nos abraçou:

— Obrigado pelo auxílio e pela paciência que estão tendo comigo, amigos. Estou me sentindo mais aliviado e fortalecido. Estou constatando com meus próprios olhos que há muito mais procedimentos, medicamentos e recursos medicamentosos no plano espiritual do que supõe nossa vã filosofia terrena! — concluiu Eleutério, de forma espirituosa.

Jorge tomou a palavra e esclareceu:

— É verdade, irmão Eleutério, você tem toda razão! A medicina terrena, bem como a ciência, ainda não dão a devida importância às energias imponderáveis do amor, do sentimento, da emoção que transformam a alma, resgatam o espírito e regeneram a matéria. Enfim, energias que não são levadas em consideração pela medicina tradicional, mas que, na verdade, são os elementos invisíveis fundamentais à recuperação do equilíbrio físico e espiritual.

— Vocês me chamam de irmão, posso saber por quê? Talvez seja porque são evangélicos? Terei que me referir aos amigos chamando-os de irmãos, ou tudo isso é simplesmente mera formalidade? — Eleutério questionou com humildade em sua expressão de voz.

— Caro irmão Eleutério, se o chamamos de irmão é simplesmente por carinho, amizade, apreço e respeito. Na verdade, diante de Deus somos irmãos, porque Deus é nosso Pai e, diante do Cristo, somos todos amigos, porque Jesus foi o grande Amigo de todos nós. Caso sinta vontade, pode se referir a nós como irmãos, ou simplesmente amigos. Faça o que seu coração mandar!

Eleutério abaixou a cabeça e, quando a levantou, estava com os olhos marejados de lágrimas. Soluçando, ele nos abraçou!

— Perdoem minha ignorância, irmãos! Fui um médico muito egoísta, pensando ser o maior de todos, que sabia de tudo, mas confesso que aqui estou me sentindo feito um calouro desamparado diante da sabedoria e bondade de preceptores e veteranos que já superaram a grande barreira da vaidade pessoal! Para mim é uma honra poder chamá-los irmãos! É o que farei doravante, ainda que acreditasse, pela minha ignorância, que apenas os evangélicos denominados "crentes", de forma pejorativa, autodenominavam-se irmãos.

— É perfeitamente compreensiva essa sua dúvida, irmão, porque nós também um dia, não muito distante, também nos encontrávamos na mesma situação. Que atire a primeira pedra aquele que nunca duvidou — disse Jorge com sorriso de satisfação.

Continuamos a conversar com Eleutério, que revelou sentir ainda vontade imensa de fumar. Ele não entendia como poderia isso ser possível se não dispunha mais do corpo material.

— A dependência físico-química não se localiza apenas no corpo material e que automaticamente se desfaz com a decomposição do vaso físico? — indagou ele.

Esclareci que sim, que os fluidos voláteis do tabaco e as toxinas das inumeráveis substâncias químicas que compõem o cigarro levam à total impregnação tomando conta do corpo material. Disse-lhe que, na condição de médicos, sabemos que o corpo material reage aglutinando substâncias de autodefesa para preservar a vida, criando, dessa forma, a dependência química quando o fumante se torna um adicto contumaz. Que esse quesito é de domínio público, mas que não eram apenas essas as consequências perniciosas do hábito de fumar. Que as substâncias tóxicas, aspiradas juntamente com a fumaça do cigarro, convergiam também para o corpo perispiritual, estabelecendo dependência química também no campo espiritual, de forma que, ao desencarnar, o indivíduo leva consigo a angústia da dependência que se estabeleceu e se consolidou no corpo perispiritual, que é a reprodução exata do corpo material, apenas composto de matéria mais sutil. Por essa razão, o espírito sente do lado de cá a angústia incontrolável trazida pela vontade de fumar. Que apenas com o tempo e muito esforço essas toxinas seriam diluídas do corpo perispiritual com o auxílio de passes espirituais e projeções energéticas apropriadas.

— Meu Deus! — exclamou Eleutério. — Como poderia imaginar consequências tão funestas vindas do tabagismo? Pensei que com a morte por meio do sofrimento pela eclosão do câncer já teria sofrido o suficiente para extirpar os resquícios do malefício do fumo, mas vejo que estava enganado! Ah! Meu Deus, que desespero! Na matéria, não fazemos ideia do malefício que provocamos a nós mesmos, o sofrimento que angariamos por nossas atitudes impensadas! E no meu caso, por ter conhecimento, na função de médico, dos prejuízos causados pelo tabaco, eu me deixei dominar pelo vício incontrolável, permitindo que isso acontecesse. Sinto-me um irresponsável que malbaratou a própria saúde, destruiu o próprio corpo físico. E na condição de suicida involuntário, como vocês dizem, não posso reclamar de nada, muito pelo contrário, sinto-me envergonhado.

Eleutério, então, com a cabeça entre as mãos, soluçou, chorando copiosamente.

— E o que é pior, eu me sinto fraco de vontade, porque a vontade de fumar é desesperadora! Se nesse momento alguém me oferecesse um cigarro, eu aceitaria de bom grado! Meu Deus! — bradou. — Isso é uma loucura, uma insânia!

Naquele momento, sentimos imensa compaixão de nosso amigo e o abraçamos carinhosamente, em sinal de compreensão e apoio.

Aquele era um irmão dentre tantos que, desatento, entregou-se ao tabagismo. Contudo, o Vale dos Suicidas estava repleto de dependentes químicos de álcool e de outras substâncias sintéticas.

Jorge me olhou, complementando:

— Essa é uma missão de amor que temos pela frente, Augusto. Em breve, você irá assumir essa responsabilidade, e Eleutério, ao se recompor, auxi-

A TERAPIA DO amor

liará nesse trabalho, de modo similar ao que aconteceu contigo. Aprendemos na terapia do amor que somente nos ajudamos de verdade quando começamos a auxiliar o próximo. Na prática do amor e da compaixão somos sempre os maiores beneficiários.

Quedei-me em silêncio meditativo, porque minhas dúvidas se confirmavam. Jorge logo nos deixaria, quem sabe, partindo na próxima visita dos Samaritanos do Amor.

Sentiria muita falta e saudade do amigo querido.

CAPÍTULO 18

O APRENDIZADO DE *Eleutério*

Nos dias que se seguiram, os trabalhos de assistência se intensificaram. Jorge parecia ter pressa em ampliar o campo de atuação para que Eleutério e eu pudéssemos aproveitar ao máximo sua experiência e seus ensinamentos.

Apesar das dificuldades que ainda sentia, naturais considerando sua condição de recém-consciente, o novo amigo era bastante prestativo.

Adentrávamos cavernas escuras e nauseantes, locais pantanosos e malcheirosos, grutas escarpadas e rampas íngremes, levando socorro por meio de orações, passes e preces. Eleutério, a exemplo do que eu havia feito, sempre questionava, e eu esclarecia, a pedido de Jorge, de forma que, se restasse ainda alguma dúvida, minha inclusive, Jorge as esclarecia de imediato.

Eu me sentia na condição de um estagiário a assumir uma cadeira definitiva na área do ensino e do amor. Intimamente, eu me sentia um privilegiado e que muito devia àquele amigo querido que partiria em breve para nova dimensão espiritual, certamente para assumir novas responsabilidades que o aguardavam.

Meu sentimento era de profunda gratidão a Jorge. Ele sabia disso e, sem afetação, me dizia:

— Augusto, todos nós recebemos um dia a oportunidade de reabilitação da mesma forma que hoje Eleutério está recebendo, assim também outros mais que virão a posteriori. Devemos agradecer sempre a Jesus e a Deus, nosso Pai Maior, pelas oportunidades e pela vida. Gratidão sempre! — concluiu.

Eleutério demonstrava profundo interesse nos conhecimentos do "modus operandi" da medicina sob a ótica espiritual. À medida que esclarecia, percebia que o amigo se aquietava em seus pensamentos, possivelmente como acontecera comigo, para assimilar que na visão espiritual a causa se encontra, em sua maioria, fora do vaso físico, e que, muitas vezes, a medicina terrena trata o efeito, mas não a causa.

Ao apurar transformações importantes em si próprio, Eleutério sentiu-se tomado de alegria e satisfação que nos contagiaram.

— Vocês têm razão! — Eleutério falou entusiasmado. — Depois que comecei a ajudar nesse trabalho de auxílio, como vocês dizem, eu me sinto mais fortalecido. Até aquela vontade quase que incontrolável de fumar já está mais amena. As dores no peito permanecem, mas de forma discreta, contudo, me sinto bastante aliviado. Percebo que minha mente está mais leve, meus pensamentos, mais claros, e, meu raciocínio, mais lógico para entender o que vocês me explicam. Confesso que até consigo orar, como vocês me explicaram, e quando oro no auxílio a algum irmão enfermo sinto um calor agradável tomar conta do meu corpo perispiritual. É corpo perispiritual, não é? — o médico concluiu com um sorriso, à semelhança de um aluno se aplicando devidamente às aulas e que espera uma palavra de reconhecimento dos professores.

A TERAPIA DO *amor*

Foi Jorge quem respondeu:

— É exatamente isso, Eleutério, você está introjetando com precisão os ensinamentos e entendendo que, à medida que oferecemos o que há de melhor em nossos corações aos irmãos mais necessitados, recebemos como recompensa muito mais do que aquilo que doamos. Não apenas porque façamos com esse objetivo, mas porque na verdade esse é o mecanismo da misericórdia e do amor Divino. A ciência terrena e a Física Quântica levam em consideração que o Universo está saturado de imponderáveis energias, mas desconhecem a mais poderosa que existe: a energia do amor de Deus, na qual estamos mergulhados; é por ela que existimos, que respiramos, motivo pelo qual, quando a ela nos conectamos pela prática do bem, recebemos o retorno desse amor em muito maior proporção do que a porção doada. Então, pela prática do bem, do auxílio amoroso, quem mais ganha somos nós.

Eleutério fez, então, uma observação importante:

— Sempre admirei o Santo de Assis, e na prece ele diz que é dando que se recebe. Seria esse o real significado da oração de São Francisco de Assis? — ele perguntou.

ANTONIO DEMARCHI pelo Espírito AUGUSTO CÉSAR

Jorge sorriu e pediu-me que respondesse. Não me fiz de rogado.

— Esse é o exato sentido da oração, Eleutério. É no sentido da doação sem esperar recompensas, na prática do bem de forma desinteressada, no acolhimento com amor sem exigências, no exercício da caridade sem expectativa de reconhecimento, no perfeito sentido do Evangelho do Cristo quando nos ensinou que a mão esquerda não saiba o que faz a direita. Entretanto, conhecedor profundo dos mecanismos das Leis do Amor e da Misericórdia, o Santo de Assis sabia que, ao praticarmos as leis do amor, somos, indiscutivelmente, os maiores favorecidos, como nos explicou anteriormente Jorge.

Eleutério acomodou-se conosco no mesmo sítio onde permanecíamos à noite ao lado de Emiliana, que agora contava com três irmãos zelosos por sua segurança e bem-estar.

Como de praxe, aquela noite nós três administramos passes energéticos em nossa irmã que, em seguida, repousou em sono profundo. Deitamo-nos e ficamos olhando as estrelas que cintilavam no firmamento. Lindo espetáculo que apenas Jorge e eu podíamos vislumbrar. Eleutério sentia-se admirado da descrição que eu fazia das constelações que vislumbrava em meu campo de visão, como a Constelação de Orion, popularmente conhecida como as Três Marias, ou ainda as Plêiades e a mais popular de todas as constelações do hemisfério Sul, O Cruzeiro do Sul, que estende seus braços abençoando nossa pátria querida.

— Como vocês conseguem enxergar tudo isso? — indagou Eleutério, admirado.

Sorrimos da pergunta do amigo.

— Até pouco tempo eu também nada conseguia ver, meu amigo — respondi. — Na verdade, com o passar do tempo, na prática do bem constante, auxiliando, estendendo as mãos a quem mais precisa, curando os enfermos em nome de Cristo e com o aprendizado constante das Leis Divinas, nossa mente se amplia e se estende em compreensão, dilata-se em conhecimento e nossas vistas se tornam mais sensíveis à luz que nos rodeia, porque o mundo que vemos é o reflexo de nosso mundo interior. Aquele que aprendeu a amar, a servir e a seguir em frente, sem esperar recompensas ou a olhar para trás, vai olhar para a frente e descobrir o admirável mundo novo que se amplia a partir de nossas possibilidades, porque mundos maravilhosos existem, porém nós não os conseguimos alcançar, porque estamos ainda prisioneiros de nossas próprias limitações íntimas. À medida que estende seu grau de compreensão, sua visão se amplia e você passa a ver coisas que antes não percebia.

Jorge sorriu diante de minha explanação e completou:

— Exatamente isso, irmão Eleutério, por essa razão a importância de dar tempo ao tempo, pois apenas a ação do tempo cura todas as feridas, transforma o carvão carcomido em diamante refulgente, regenera o espírito infrator no anjo da caridade e transforma o espírito simples e ignorante na perfeição à semelhança do próprio Criador. A ação do tempo, o trabalho em favor do bem e as Leis do Amor e Misericórdia transformam tudo, porque esse é o objetivo da Criação Divina. Um dia alcançaremos a perfeição, que é a meta de todos nós, pela ação da dor ou pelo exercício do amor.

Ficamos em silêncio por alguns minutos, mas Eleutério, que deveria ainda estar raciocinando acerca de tudo que ouvira, quebrou o silêncio com nova pergunta:

— Quer dizer, então, que um dia veremos Deus?

Sua pergunta parecia ser inocente, mas era profunda. Foi Jorge quem respondeu:

— Sem dúvida, irmão Eleutério. Mas antes de o vermos, teremos que o sentir em nós, uma vez que Ele habita em nós. Não obstante, devemos atentar aos ensinamentos de Jesus no tocante às bem-aventuranças no Sermão da Montanha: "Bem-aventurados os puros de coração, porque eles verão a Deus"!

(Mateus 5,8)

— Ora, a psicologia nos esclarece que vemos em nossos semelhantes a maldade ou o bem que está em nós. Isso vale dizer que aquele que não tem maldade olha o seu semelhante e vê refletido em seu próximo a presença de Deus, porque Deus está em seu coração!

— Muito interessante! — retrucou Eleutério, voltando ao silêncio meditativo.

Nós também nos quedamos em silêncio. Em momentos como esses é que podemos afirmar que o silêncio também é uma prece. Aproveitei aqueles instantes para ampliar minha vista para o espaço infinito, imaginando a dimensão do Universo e a grandeza do Criador. Minha visão se estendia além do braço espiralado e gasoso da Via Láctea, que descortinava milhões de estrelas em luminescência gasosa e multicor em um espetáculo de beleza singular. Fechei os olhos e agradeci, com o coração sensibilizado, a todas as bênçãos recebidas do Criador Misericordioso.

Após alguns minutos em prece, percebi sensação de bem-estar me envolvendo e suave perfume de flores pairando no espaço, contrastando com o odor normalmente desagradável daquele ambiente. Abri os olhos e percebi que, dos Céus, suave luminosidade envolvia nosso grupo. Eleutério já ressonava, mas Jorge me olhou e, com um sorriso, me disse:

— Estamos mais uma vez sendo abençoados pela Misericórdia Divina! Continuemos em oração, Augusto, para permanecermos na sintonia dessa graça!

Sorri e cerrei meus olhos, a fim de desfrutar ao máximo daquele momento maravilhoso. Sem que notasse, eu adormeci profundamente!

No dia seguinte, nós acordamos muito dispostos, inclusive Emiliana, que nos brindou com um sorriso. Sua evolução clínica e espiritual estava indo "de vento em popa".

A TERAPIA DO *amor*

Jorge sorriu e vaticinou:

— Em breve, teremos uma enfermeira para auxiliar o grupo.

Sorrimos satisfeitos. Demos um abraço amoroso em nossa irmã e partimos para as tarefas daquele dia.

Adentramos locais nauseantes onde irmãos infortunados gemiam no longo sofrimento da purgação do mal praticado contra eles próprios. Amparamos cada um por meio do passe, da projeção de energias magnéticas, limpando seus rostos macerados e fazendo a assepsia à medida do possível, pois a grande maioria que ali estagiava não demonstrava a menor condição de consciência da própria situação.

Alguns clamavam em fortes brados ao se sentirem corroídos em suas entranhas por vermes nojentos — como asseverava um deles. Procurava em gestos desesperados se livrar dos vermes que povoavam sua mente, mas em vão.

Demos as mãos e nos posicionamos ao seu redor, fazendo uma prece pedindo o concurso de irmãos de esferas superiores, e logo se manifestou suave halo luminoso que descia do Alto envolvendo aquele infortunado irmão. Em breve, ele se acalmou e, desse modo, nós pudemos aplicar os passes com projeções energéticas, conforme a necessidade e as possibilidades daquele momento.

Próximo ao final do dia, após os atendimentos, Eleutério exclamou, admirado de sua própria capacidade de doação:

— Jamais, no exercício da medicina terrena, eu me dediquei tanto a tantos necessitados e molambos em suas desditas sem qualquer expectativa de receber nada em troca.

Sorrimos diante da colocação do amigo, que rapidamente corrigiu suas palavras:

— Me desculpem, conforme já aprendi com vocês, certamente sou eu quem mais recebeu de todos esses irmãos que nós assistimos no dia de hoje!

Jorge abraçou nosso novo companheiro em demonstração de carinho e bondade.

— Você entendeu perfeitamente o princípio de tudo, Eleutério. Quando praticamos o bem com desprendimento no coração, seremos sempre os maiores beneficiários. Não foi o que conversamos ainda ontem?

A TERAPIA DO *amor*

Sorrimos felizes, porque a melhor recompensa que sentia no coração era ter a consciência do dever cumprido e a sensação de alegria que invadia meu íntimo. Ser um instrumento do Cristo em favor do próximo era um privilégio impagável.

Naquela noite, antes de dormir, conversamos bastante. Eleutério demonstrava alegria e satisfação por estar entendendo os mecanismos da medicina no lado espiritual e os resultados das aplicações energéticas nos pacientes, bem como os reflexos em si mesmo pelo bem praticado.

— Não fosse ainda um resquício de angústia que ainda permanece em meu interior, diria que estou ótimo e recuperado. Não sinto mais as limitações impostas pela doença impiedosa que me vitimou, no que tange à minha capacidade pulmonar em decorrência da própria enfermidade e dos venenos aspirados pelo vício do fumo. Sinto que minha mente está mais leve, consigo raciocinar com lógica, o que me permite compreender os ensinamentos que vocês têm me transmitido. Acho tudo isso fantástico, porque durante os atendimentos, nenhum medicamento foi administrado, somente as energias e a mudança de minha postura mental, sentimentos e emoções.

Jorge e eu sorrimos satisfeitos perante as alegações de Eleutério, que, entusiasmado, deixava correr solto sua tagarelice.

— Tem toda razão, irmão Eleutério — redarguiu Jorge. — Você está entendendo perfeitamente que somos movidos por emoção e nosso pensamento é a exteriorização mental de nossas emoções, da mesma forma que as palavras são a manifestação verbal e articulada das emoções. Que tudo é energia e que tudo reflete ao nosso favor ou contra nós. Está a critério de cada indivíduo contribuir para a própria cura ou agravar sua enfermidade. Depende sempre do polo energético a impulsionar suas emoções.

Ficamos em silêncio por alguns minutos. Em seguida, Eleutério quebrou o silêncio argumentando:

— Jamais, em minha condição de médico, tive esse sentimento que vivencio agora. Sentimento de gratidão sincera, de alegria, de reconhecimento a Deus e a Jesus que, com vocês, tenho conhecido melhor. Em minha vida anterior, jamais havia imaginado o poder da oração, da prece verdadeira e das energias de um passe ministrado com desprendimento e pretensão.

A TERAPIA DO *amor*

Fez breve pausa e continuou:

— Confesso que não sou mais o mesmo. Sinto-me outra pessoa, completamente diferente, mais compreensiva, mais humana. Definitivamente, sinto que está morrendo dentro de mim aquele egoísmo que alimentava quando, em meu consultório terreno, eu colocava meu jaleco branco e o estetoscópio em volta do pescoço e atravessava os corredores dos hospitais lotados de sofredores como quem jamais imaginaria sentar ao lado e perguntar o nome e saber de suas dores e problemas. Em minha vaidade, sentia-me feito um super-homem, poderoso, sabichão, enfim, o bacana e o maioral.

Deixamos que Eleutério colocasse para fora seus sentimentos. Para ele era importante, e uma satisfação para nós verificar, ao vivo, o resultado de nossa dedicação junto àquele irmão, pois já estava dando frutos sazonados.

— Pois bem — continuou Eleutério —, esse sentimento de gratidão em meu coração é endereçado a vocês, que foram meus médicos, enfermeiros, cuidadores e verdadeiros irmãos quando me encontrava em estado de miserabilidade, um farrapo humano destruído por minha própria insanidade. Vocês, meus irmãos, Jorge e Augusto — fez questão de nominar cada um de nós —, estarão pela eternidade em meu coração. Nunca os esquecerei, jamais! — enfatizou Eleutério.

— Não posso deixar de registrar — prosseguiu — que alimento sentimento de carinho e admiração por Jesus, que até então não conhecia, apenas de ouvir falar, mas jamais compreender. Hoje, compreendo que Jesus foi, além de tudo, um médico que desejava trazer a cura pela compreensão da palavra que ilumina e liberta, mas, acima de tudo, pela mudança de sentimentos dos seres humanos, que não o compreenderam, antes o condenaram. Não tenho o direito de julgar quem quer que seja, porque para mim Jesus era também apenas uma figura a que os religiosos exploravam em suas pregações para adquirir proveito em benefício próprio.

Silenciou por mais alguns instantes para arrematar:

— Meu Deus! Quanto equívoco! Espero ter a oportunidade de me redimir fazendo o bem, praticando a caridade, exercitando o amor verdadeiro e levando a palavra do Cristo para onde puder!

A TERAPIA DO *amor*

Jorge concluiu:

— Assim será, irmão! Não tenha dúvida de que você já transpôs a barreira mais difícil e perigosa que existe na vida de cada um de nós: a barreira da vaidade e do egoísmo. Com essa sua disposição, junto a Augusto, serão verdadeiros representantes do Cristo nesse local de desolação e sofrimento e muito além: para onde forem, o bem que habita em seus corações estará sempre com vocês eternamente. Essa é uma grande conquista espiritual, vencer o inimigo que habita em nosso interior, que são nossas imperfeições, nosso egoísmo e nossa vaidade.

Adormecemos mais uma vez com os corações repletos de alegria e paz. O céu daquela noite cobria-nos com seu manto de estrelas que resplandeciam no firmamento.

EPÍLOGO

Duas semanas transcorreram sem novidades. O atendimento prosseguia sempre com muita disposição e alegria. Sim, alegria, pois era o que sentia ao tentar de alguma forma aliviar o sofrimento daqueles irmãos desorientados.

Naquela manhã, percorremos costumeiramente as mesmas regiões. Eleutério demonstrava admiração ao observar a evolução dos pacientes em tão pouco tempo de terapia, ainda que, em alguns casos, a melhoria clínica e espiritual fosse mais acentuada enquanto em outros se operava mais demoradamente.

Jorge pediu-me que esclarecesse, o que eu prontamente o atendi, considerando os ensinamentos recebidos até então.

A TERAPIA DO *amor*

— Eleutério, cada caso é um caso, pois há pessoas que erram com conhecimento de causa, e outras que o fazem por absoluta ignorância. O Evangelho do Cristo nos alerta que "a quem muito foi dado, muito será pedido". Em todas as adversidades, a Lei de Causa e Efeito se estabelece com a mais absoluta isenção, de forma que cada um colhe exatamente o que semeia. Todavia, se a Lei de Causa e Efeito faz com que o infrator sofra a aplicação da lei pelo equívoco cometido, as Leis de Amor e Misericórdia atuam levando em conta as atenuantes e os agravantes de cada caso.

— Para entendermos mais, basta observar que nós, médicos, temos conhecimento de sobra a respeito do mal que as drogas lícitas e ilícitas causam no organismo e, no entanto, nos deixamos levar. O tabagismo desencadeia efeitos nocivos ao equipamento respiratório e vias aéreas; o alcoolismo traz danos irreversíveis ao sistema digestório, ao fígado e ao sistema nervoso, além dos descontroles emocionais que levam a acidentes fatais o usuário de álcool e terceiros. Para todos os casos, a Lei de Causa e Efeito estará em vigor, porém as Leis de Amor e Misericórdia irão atuar como advogados de defesa, tendo em conta as circunstâncias de cada ação, bem como o grau de consciência de cada um dos envolvidos. Assim sendo, o maior rigor recairá sobre quem detém mais conhecimento e deliberadamente se entrega ao erro, diferentemente daquele que ainda não tinha conhecimento, nem ideia da gravidade perante o ato cometido. O que podemos afirmar com a mais absoluta certeza é que, em todos os casos, as Leis do Amor e da Misericórdia jamais abandonarão os infratores, mesmo os detentores de conhecimento que perpetraram a maior violência que se pode imaginar, que é atentar contra a própria vida. A lei de amor e Misericórdia Divina jamais abandona os filhos do Altíssimo. Contudo, cada um sofrerá maior ou menor demanda de tempo em seu processo de recuperação, a depender das atenuantes ou dos agravantes que caracterizaram cada situação.

Eleutério ficou pensativo para, em seguida, observar:

— Entendi. Por essa razão, minha recuperação deve ter sido mais demorada e sofrida.

— Sem dúvida, irmão, mas, em verdade, não basta simplesmente a recuperação mental e do corpo perispiritual, mas, acima de tudo, tomar consciência dos resultados funestos provocados por nossa invigilância, porque a recuperação efetiva e a libertação deste campo de sofrimento, onde nos encontramos, depende também de nossas atitudes, de mudanças íntimas de paradigmas, conceitos e do auxílio desinteressado. É dando que se recebe, entendeu?

Eleutério apenas fez um sinal positivo com a cabeça. Ficou em silêncio e nós respeitosamente o deixamos a meditar. Certamente, nosso irmão estava passando por uma autoanálise, apurando suas ações de modo a se encontrar naquela situação.

O dia foi corrido.

O número de atendimentos fora significativo, mas não nos sentíamos cansados. Eleutério é que parecia se dedicar com muita aplicação e amor aos necessitados. Percebia-se a atitude de humildade do companheiro que, em todos os casos, fazia questão de fazer o papel de enfermeiro, procedendo às assepsias, segurando em seu colo os casos mais sofridos, com gestos carinhosos e compaixão, tocando em cabelos em desalinho, acariciando a fronte de irmãos que gemiam de dor, enquanto Jorge e eu ministrávamos passes energéticos.

O final do dia se aproximava e, naquela região onde estávamos, a neblina se apresentava mais espessa e escura. Sentia em meu coração a alegria do dever cumprido, o regozijo do bem praticado, a recompensa do sofrimento aliviado.

Jorge estava feliz.

— Foi um dia de muito proveito e muito aprendizado — disse ele, com evidente expressão de alegria.

— Proponho fazermos uma prece ao Pai da Vida, a fim de expressar nosso sentimento de gratidão pelo dia de hoje.

Aquiescemos de bom gosto à sugestão de Jorge. Sentia-me tão feliz que na verdade meu desejo era só agradecer o privilégio que Deus havia nos concedido de sermos instrumentos, mesmo que imperfeitos, de seu Amor Divino naqueles palcos de dor e sofrimento.

Mais uma vez Eleutério nos surpreendeu:

— Amigos, com toda humildade queria dizer-lhes que sinto uma transformação muito grande, mas acima de tudo verdadeira dentro de mim. — Eleutério ficou sério e parcimonioso para concluir o que desejava pedir. — Porém — prosseguiu ele —, mesmo reconhecendo que não tenho qualquer merecimento, gostaria de pedir para fazer a prece de agradecimento pelo dia de hoje.

A TERAPIA DO *amor*

As palavras de Eleutério nos comoveram, tocaram nossos corações. Sentíamos que aquele sentimento expresso pelo amigo era genuíno, verdadeiro, pois procedia de seu coração. Abraçamos o amigo e nos alegramos com seu pedido sincero.

— Sim, irmão, faça a prece que brota de seu coração agradecido, porque hoje é um dia muito especial — disse Jorge.

— Me deem suas mãos, por favor — solicitou Eleutério.

Assim procedemos, e o amigo então iniciou sua oração de agradecimento: "Pai do Céu, Senhor da Vida, Deus de Amor e Misericórdia, quero hoje nesse momento expressar meu sentimento de gratidão, Senhor, por ter enviado em meu socorro esses dois irmãos amados, verdadeiros anjos da caridade para socorrer e tirar das trevas de dor e sofrimento esse filho ingrato que não valorizou na vida a missão de salvar vidas. Como médico, Senhor, fui arrogante, egoísta, ignorante por negligenciar os dons recebidos, jogar fora minha saúde e minha vida. No vale de lágrimas, entretanto, onde eu me encontrava, dois irmãos socorristas vieram em Seu Nome de forma amorosa e me socorreram, levantando-me, amparando-me e me ensinando os verdadeiros valores da vida! Sinto profunda gratidão ao Seu Amor, que me levantou do pó, que transformou uma alma ingrata e arrogante em um servidor, apesar de toda minha insignificância! Hoje, na condição de servidor imperfeito e eterno devedor diante de Sua Misericórdia, eu me coloco de joelhos diante de Sua Augusta Bondade infinita para agradecer! Gratidão, Senhor, porque já me encontro em pé, gratidão por sua misericórdia, gratidão por permitir que possa amparar e auxiliar em Seu Nome, gratidão por ter despertado em mim a consciência que nada sou e que nada sei, gratidão por sentir desejo de, em oração, agradecer por tantas bênçãos recebidas. Obrigado, Senhor!"

Eleutério finalizou sua prece comovente em lágrimas. Todos nós nos ajoelhamos e nos abraçamos. Jorge e eu estávamos com o rosto coberto em lágrimas.

Naquele instante, o céu pareceu se abrir, e luz intensa se fez visível aos nossos olhos emocionados. Realmente, se tratava de forte raio luminoso que descia até nós envolvendo nosso pequeno grupo como uma resposta dos planos superiores que refletia a emoção daquele momento. A luz foi, aos poucos, tornando-se mais suave e, então, pude observar que não era apenas um halo luminoso, mas algo que se apresentava à nossa percepção. Lentamente, à nossa frente, um grupo de espíritos luminosos se materializava portando macas e outros equipamentos de socorros imediatos.

— Estamos recebendo visitas, meus amigos — disse Jorge.

De fato. Era um grupo formado de espíritos identificados por gracioso halo luminoso que envolvia cada um de seus integrantes. Aproximaram-se cumprimentando Jorge em demonstração de muita alegria. Aquele que parecia ser o responsável pelo grupo se apresentou:

— Irmãos em Cristo — disse, referindo-se a Eleutério e a mim —, é com muita alegria que estamos aqui hoje para complementar esse trabalho que vocês têm desenvolvido há um bom tempo com resultados alvissareiros. Eu me chamo Carlos Salviano e sou o médico responsável pela Caravana dos Obreiros do Senhor que atende a essa região em Nome de Maria Santíssima, a amorosa mãe de Jesus! Nossas visitas têm se ocupado de outras regiões próximas desse local onde vocês têm atuado, porque temos acompanhado a distância esse trabalho dirigido por nosso irmão Jorge. Regozijamo-nos em Cristo por esse trabalho magnífico que vocês, com muito amor e dedicação, têm levado a efeito, e aqui estamos porque temos uma missão muito especial a cumprir essa noite. Viemos renovar um convite ao nosso irmão Jorge, que já nos conhece de algum tempo.

Dirigindo-se, em seguida, ao nosso querido Jorge, o médico complementou:

— Irmão Jorge, da última vez que aqui estivemos fizemos esse convite que ora renovamos em nome de Cristo: você está convidado a vir conosco porque já ofereceu sua quota de contribuição nesse vale de lágrimas. Você foi um aluno extremamente aplicado enquanto nós éramos os professores, demonstrando interesse e fácil entendimento dos mecanismos das Leis de Causa e Efeito, do Amor e da Misericórdia. Compreendeu como funciona a Medicina aqui no lado espiritual e as energias que movem o Universo e transformam as criaturas humanas. Naquela ocasião, você já reunia condições para nos acompanhar para outras esferas, porque além de se reabilitar por meio de suas transformações íntimas, da mudança de seus sentimentos, havia colaborado com nossa

A TERAPIA DO *amor*

equipe no auxílio aos mais necessitados. Naquela oportunidade, você declinou do convite porque havia se afeiçoado ao nosso irmão Augusto César, manifestando interesse em auxiliar esse irmão, e, de nossa parte, entendemos seu sentimento altruísta. Você cumpriu sua missão com galhardia e se superou, estendendo esse auxílio a tantos outros, o que permitiu sua elevação espiritual. Você tem acumulado créditos na contabilidade Divina, irmão.

Jorge estava visivelmente sensibilizado. De seus olhos desciam lágrimas que molhavam seu rosto e nosso irmão não conseguia se conter diante da emoção que também tomava conta de todos nós. Aquele era um momento divino em que percebíamos que o sol já havia se colocado, e a noite se apresentava com seu manto escuro cobrindo toda aquela região. Todavia, naquele local a luz era intensa, iluminando o ambiente ao redor de nosso grupo.

— Sinto-me feliz pela renovação desse convite, irmão Salviano. Do fundo de meu coração, sinto-me um privilegiado, porque tenho consciência do quanto sou devedor diante da Contabilidade Divina.

Sua voz estava embargada pela emoção do momento. Fechou os olhos e respirou fundo.

ANTONIO DEMARCHI pelo Espírito AUGUSTO CÉSAR

— O que dizer de tudo isso? Nesse momento em que sinto meu coração tomado de alegria, embora não me considere merecedor de tamanha honraria? Sinto-me dividido, porque o que mais desejei durante muito tempo era sair deste lugar de sofrimento e dores intermináveis. Por longo tempo, imaginei o dia em que me libertaria deste vale de lágrimas, essa era a esperança que me movia. Mas, à medida que passei a compreender, por meio de seu auxílio, que somos nós que construímos nossa felicidade ou infelicidade, alegria ou tristeza, saúde ou doença, sucesso ou fracasso, comecei a modificar meus objetivos e propósitos. Passei a sentir imenso desejo em demonstrar meu amor a Deus e a Jesus, nosso Mestre Amado, por meio do auxílio, do amor e da dedicação aos nossos irmãos mais necessitados. Por essa razão, declinei daquele convite e confesso que foi a coisa mais acertada que fiz.

E prosseguiu, com emoção:

— Tudo o que aprendi com vocês despertou em mim desejo imenso de transmitir esses ensinamentos a outros irmãos em situações análogas à minha. Foi quando tomei conhecimento do caso de Augusto César. Confesso que foi para mim uma das experiências mais gratificantes ao verificar que esse irmão também se transformava diante dos conhecimentos que eu transmitia. Senti a felicidade e a alegria de poder distribuir, compartilhar esses conhecimentos que haviam me transformado, e Augusto César correspondeu plenamente às minhas expectativas. Agora se juntou ao nosso pequeno grupo outro irmão — disse, referindo-se a Eleutério — que tem demonstrado interesse e melhoria íntima em tão pouco tempo. Há, igualmente, outra criatura a quem me afeiçoei e que temos cuidado como se fosse nossa filha, nossa irmã muito querida — disse, referindo-se a Emiliana.

Jorge fez breve pausa para respirar e recompor suas emoções.

— Dessa forma — prosseguiu Jorge —, esse convite muito me honra e é o que sempre aspirei em meus propósitos, mas para mim está extremamente difícil deixar para trás esses companheiros. Gostaria imensamente de continuar por aqui ainda por mais algum tempo. Peço que não considerem esse declínio como um sinal de desrespeito a esse honroso convite. Tenho absoluta convicção de que vocês entendem o que vai em meu coração.

ANTONIO DEMARCHI pelo Espírito AUGUSTO CÉSAR

Salviano abraçou Jorge como um pai abraça um filho. Jorge soluçou de encontro àquele peito amoroso que oferecia compreensão e carinho a um discípulo tão amado.

— Irmão Jorge, é com respeito e admiração que ouvimos esse seu novo pleito. Isso só vem confirmar a cada um de nós a elevação e compreensão que você já conquistou. Isso representa uma página belíssima de sua história, e nós esperávamos por isso, por esse seu anseio. Por conseguinte, queremos dizer que esse convite é muito especial e veio da parte de nosso querido médico dos pobres. Ele pede para lhe dizer que o lugar para onde irá o trabalho em nome de Cristo segue pleno, e você terá oportunidade de dar continuidade em seus estudos e novos projetos de auxílio a tantos irmãos que precisam. Pense que você preparou com muito cuidado e extrema dedicação nosso querido Augusto César e ele tem correspondido plenamente. É a vez de passar esse bastão a esse amigo que demonstrou capacidade, amor e desprendimento no prosseguimento dessa tarefa. É a hora e a vez de Augusto retransmitir e compartilhar os ensinamentos recebidos a Eleutério e a tantos outros que virão. Além do mais, hoje resgataremos

A TERAPIA DO *amor*

Emiliana. Essa filha querida irá conosco, porque diante das circunstâncias em que tudo ocorreu, as atenuantes foram favoráveis à diminuição de seu tempo no Vale dos Suicidas. Você continuará dando assistência a essa jovem que partiu da vida de forma prematura. Mas, ela era uma criatura sem conhecimento de causa, órfã, cuidava do pai e dos irmãos e, acima de tudo, uma moça que vivia sonhos em sua inocência.

Jorge me abraçou visivelmente emocionado. Em seguida, abraçou Eleutério. Abraçamo-nos e choramos juntos pelo sentimento de saudade que, então, invadia nossos corações.

— Amigos queridos — disse Jorge —, vocês estão com a razão. Me perdoem por minha ignorância e egoísmo. Está na hora de passar adiante o bastão dessa tarefa. Nosso querido irmão Augusto César, como vocês constataram, está muito bem preparado e consciente da importância desse trabalho. Ele já adquiriu conhecimento e, acima de tudo, demonstra sentimento de amor incondicional aos irmãos em sofrimento. Por outro lado, Eleutério é uma promessa que me deixa feliz e esperançoso.

— Vocês têm razão — repetiu —, está na hora de partir em busca de novas tarefas, novos conhecimentos e novos desafios em nome de Cristo.

Ao dizer isso, me abraçou demoradamente. Em seguida, despediu-se amorosamente de Eleutério.

Seguimos em frente enquanto alguns membros da caravana se espraiavam em busca de novos atendidos, transportando-os em macas de recolhimento. Nosso grupo, dirigido por Salviano, seguia em frente. Ao chegarmos ao local que fizéramos o nosso Oásis de luz em meio à penumbra que reinava naquele ambiente, tive uma grata surpresa, pois, abraçada à filha, estava dona Marcelina, mãe de Emiliana. A jovem estava sonolenta, sem consciência do que acontecia. Repetia com um esboço de sorriso nos lábios:

— Mamãe, mamãe, que bom que você veio me buscar! Estou sentindo muito sono, acho que deve ser um sonho, mas um sonho bom, e eu não quero acordar.

Dona Marcelina acariciava os cabelos da filha e osculava sua face com carinho maternal, demonstrando a alegria que apenas as mães conhecem, apertando a filhinha contra seu peito como o mais precioso dos tesouros que ela havia reconquistado. Seus olhos estavam marejados de lágrimas.

Voltou-se para nós em demonstração de gratidão e disse:

— Jamais esquecerei o que fizeram por minha filha. Meu sentimento de gratidão será eterno.

Abraçamos dona Marcelina e Emiliana. Em seguida, Carlos Salviano informou que era hora de partir. Pediu que Jorge fizesse uma prece de gratidão ao Pai por aquele momento.

Com a voz embargada pela emoção, Jorge iniciou a sua prece:

"Senhor da vida, o que seríamos de nós sem seu amor e sua infinita misericórdia? Hoje aqui estamos, Senhor, pois fomos resgatados pelo seu amor infinito dos profundos abismos que mergulhamos no passado, frutos da invigilância e de nossa ignorância. Seu amor sublime nos enviou Cristo a nos ensinar o mandamento mais importante da vida, que é o amor desprendido e incondicional. E esse amor, Senhor, nos ofereceu oportunidades redentoras de soerguimento das profundezas abismais onde nos encontrávamos,

ANTONIO DEMARCHI pelo Espírito AUGUSTO CÉSAR

para que hoje, compreendendo suas leis perfeitas e sábias, possamos trabalhar por Cristo a apregoar sua palavra, apesar da enorme ignorância que ainda nos abate, a levantar nossos irmãos caídos no sofrimento, apesar de nossas imperfeições, a levar sua luz para aqueles que ainda permanecem na escuridão, para que também possamos nos iluminar. Oh! Senhor, queremos dizer de nossa gratidão por ter nos permitido aprender que nosso destino é a perfeição, e mesmo caindo tantas vezes, nos enviou emissários de amor para, em Seu Nome, nos levantar do chão. E como sublime pastor sempre nos conduziu em segurança ao santo redil. Gratidão, Senhor, por tudo, gratidão por ter encontrado amigos queridos como Augusto César, Eleutério e tantos outros, bem como espíritos amigos que tiveram amor e paciência para comigo e para os necessitados do caminho. Gratidão à Maria, a santa Mãe de Jesus, ao Dr. Bezerra de Menezes, o médico dos pobres, ao Dr. Carlos Salviano e sua equipe, que dedicaram tempo e amor com esse seu servo tão pequeno. Mestre Amado, de seus servidores peço que permita ser eu o irmão menor, mas que possa retribuir sempre seu amor com muito trabalho e amor incondicional a todos aqueles que encontrar pelo caminho. Gratidão, Senhor!"

Jorge concluiu sua oração com sentimento e emoção. Eleutério e eu estávamos tão emocionados que não conseguíamos conter as lágrimas.

Dos Céus descia foco de luminosidade intensa. Os demais membros da caravana se reuniram em nosso sítio carregando várias macas com outros irmãos que seriam transportados a hospitais e prontos-socorros de acordo com suas necessidades.

Jorge nos abraçou dizendo:

— Continuem a tarefa em Cristo, irmãos, porque em breve iremos nos rever. Confiem, trabalhem, perseverem no bem, distribuam a mancheias as graças recebidas, porque Cristo se regozija quando observa cada servo que se redime trabalhando com coragem e amor no coração, representando seu Divino Amor em todos os cantos. Onde houver um irmão em sofrimento, lá esteja presente o seu amor através de seus instrumentos de amor. Não se esqueçam jamais do Santo de Assis quando, em sua prece, dizia: "Senhor, fazei de mim um instrumento de vossa paz!"

Em seguida, Dr. Salviano também nos abraçou e nos despedimos em lágrimas. A luz que nos envolvia toldava minha visão de forma que, aos poucos, percebia que a caravana se distanciava, elevando-se no espaço e lentamente desaparecia de nossa vista feito uma estrela na escuridão da noite.

Eleutério e eu nos abraçamos, a fim de nos confortar mutuamente. Solucei, sentindo imensa saudade e sentimento de solidão na escuridão daquela noite. Deitamos em nossa cama improvisada e nos quedamos em silêncio. Nada precisava ser dito, porque o sentimento que nos envolvia era o mesmo. Olhei para o céu observando as estrelas cintilando na imensidão do firmamento. De repente, ouvi palavras de Jorge, no silêncio eloquente de minha consciência, a me dizer: "Sinta-se feliz por ser instrumento do amor do Cristo, Augusto, porque o Divino Mestre nos prometeu que onde duas ou mais pessoas estivessem reunidas em Seu Nome, Ele lá estaria. Eu já não estou mais aí, mas Ele sempre estará no meio de nós!"

Sorri ao ouvir aquelas palavras silenciosas e fiz uma prece rogando amparo do Mestre e muita coragem, porque o dia seguinte seria mais um dia de aprender e praticar!

Grandes oportunidades nos aguardavam.

FIM

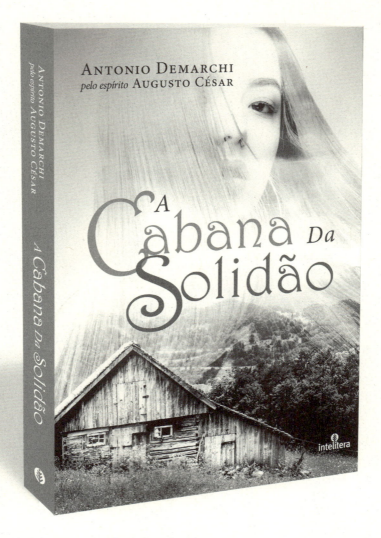

A Cabana da Solidão
Antonio Demarchi pelo Espírito Augusto César

Francisca soube amar, compreender, perdoar e renunciar a tudo na vida para resgatar espíritos muito queridos que lhe eram caros ao coração. Adentre essa cabana e descubra o que um coração que ama de verdade é capaz.

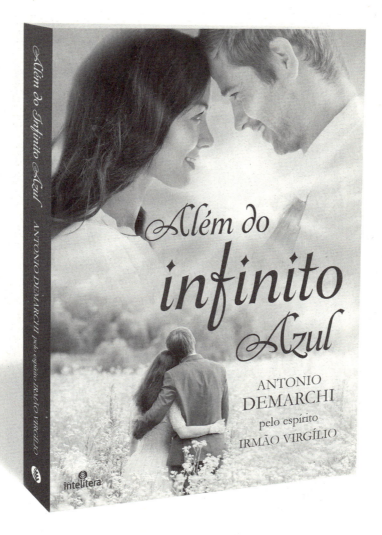

Além do infinito azul
Antonio Demarchi pelo Espírito *Irmão Virgílio*

    Surpresas, alegrias, tristezas, lutas, renúncia e exemplos de amor estão presentes neste romance. Uma obra que emociona e ilumina, tendo na Lei de Causa e Efeito a expressão máxima do Amor de Deus por nós.

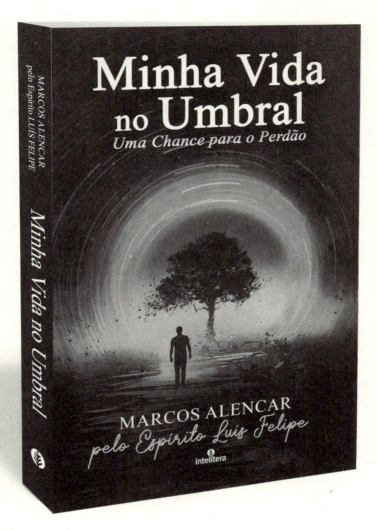

Minha Vida no Umbral
Marcos Alencar pelo Espírito *Luís Felipe*

O jovem Luís Felipe, ao chegar ao mundo espiritual, é surpreendido por seres que procuraram induzi-lo ao ódio e à vingança.

Um livro surpreendente que nos transporta ao mundo espiritual e nos faz questionar se todas as pessoas têm uma chance para o perdão.

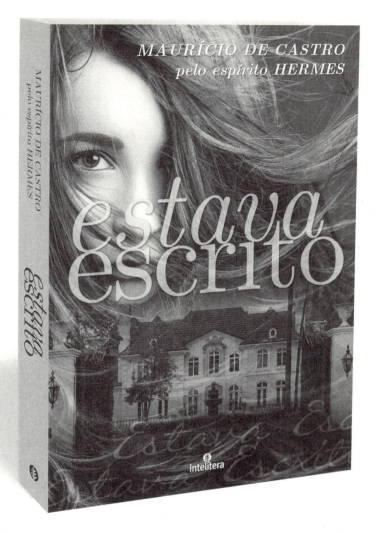

Estava escrito
Maurício de Castro pelo Espírito *Hermes*

Nesse magnífico romance, que traz à tona temas fortes, polêmicos, dramas intensos e muitos ensinamentos espirituais, você se envolverá em um eletrizante enigma e junto com Helena tentará descobrir quem é o verdadeiro assassino.

Para receber informações sobre nossos lançamentos, títulos e autores, bem como enviar seus comentários, utilize nossas mídias:

intelitera.com.br
@ atendimento@intelitera.com.br
▶ inteliteraeditora
◉ intelitera
f intelitera

▶ Antonio Demarchi
◉ antoniodemarchiescritor
f antonio.demarchi3

Esta edição foi impressa pela Lis Gráfica e Editora no formato 160 x 230mm. Os papéis utilizados foram Off White UPM Creamy Imune 60g/m² para o miolo e o papel Cartão Supremo 250g/m² para a capa. O texto principal foi composto com a fonte Georgia 13,5/20 e os títulos em Anima ITC Std 28/30 e Amuba 35/40.